JN090673

不安ウーマン

医療的ケア児のシングルマザー
明日を生きていくために

福満　美穂子　著

はじめに

『重症児ガール　ママとピョンちゃんのきのう　きょう　あした』を出版したのが二〇一五年十一月。寝たきりでてんかん発作や重度の知的障がいがある娘との日常生活や、成長の過程で思うことを綴っています。

私と娘は、いつもワンセットで一緒にいます。昔見ていたアニメ「ど根性ガエル」の主人公ひろしと、彼のＴシャツに張り付いたカエルのピョン吉になぞらえて、娘のことをピョンちゃんと呼ぶことにしたのでした。

それから五年経ち、五年しか経っていないけれど、ピョンちゃんと私の人生には激動の変化がありました。特に私は、母として、女性として、社会人としての変化。それらは「よくあること」かもしれないけれど、ピョンちゃんと一緒に生活する中での経験は特別なものでした。

ピョンちゃんのほうはというと、気管切開をして人工呼吸器を使うようになり「超」重症児となりました。

「お姉ちゃんは幸せになっていいんだよ！」

ある日、妹と電話をしていて急にこんなことを言われ、私はびっくりしました。私の中の「不安」が、私を不幸せに見せているのでしょうか。

ピョンちゃんのベッド周りでは、毎日ヘルパーさんや看護師さんたちの笑い声が絶えないし、仕事では協力し合える仲間がいて、充実した毎日を送っているのに……。

でも、この絶え間ない「不安」こそが、私をいつも突き動かしてきたように感じるのです。私の原動力は「不安」なのではないかと。

本書を書き進めていくうちに、私の気持ちの奥底には、幸せを手に入れることでとても大切な何かを失いそうな、そんな「不安」が常にあることに気づきました。今、コロナ禍（二〇二一年）で世界の誰しもが「不安」を抱える社会になっています。不安と折り合いをつけて付き合っていく、そんな心の作業をこの本で考えてみたいのです。

「私、幸せなんだけど」

妹にそう言いきってみるものの、「けど」をつけて返答してしまう。他人からの見た目を気にして、見栄を張っているようにも思えます。

しかし、いいことも悪いことも含め様々なことに出くわし、悩み、受け入れていく中で、最終的には、幸せも生き方も他人からの評価ではなく自分で決めていいはず、と思えるようになりました。そんな当たり前のことを皆さんと共感し合えたら、とキーボードを叩くことにしました。この本は、ピョンちゃんママである私の物語です。

福満 美穂子

Fuan
Woman
anxiety
da Pyon
MoKuJi

2 ゆらぎながら迷いながら
母と私、私と娘

3 私が私でいるために
不安や恐れを力に変えて

プロローグ　病室で手渡された「紙」

二〇一五年秋、相変わらず入退院をくり返していたピョンちゃん。その日も入院していて、母子ともにカーテンを閉めきった、二畳ほどの空間に押し込まれて過ごしていました。

見舞いに来た夫が差し出してきたのは、緑色の線が入った紙。

「まさか！　この場所で!?」と驚きはしましたが、なんとなく予想通りの展開で、とうとうその日が来たのだと覚悟し、【離婚届】を受け取りました。白紙だったのは、ピョンちゃんのことがあって、自分で最終決断ができなかったからかもしれません。私は、承諾しました。

その日、ピョンちゃんは十二歳の誕生日を迎えました。私たち両親は、何もプレゼントを用意していませんでした。この時、私は四十三歳でした。

1 普通ってなんだろう

妻、母、シングルマザーへ

1章 出産

普通の妊婦？

二十六歳で結婚

私が結婚したのは二十六歳の時。当時勤めていたのはテレマーケティングの会社で、仕事は三百六十五日対応、年末年始に出勤することもありました。ちょうど仕事が面白

Career Woman

くなってきたころで、エクセルを使って図表を作成した報告書を営業担当者と一緒にクライアントへ持って行くなど、任されることも徐々に多くなっていました。

結婚した時、夫から、会社を辞めて派遣社員になるよう勧められ、私は何の疑問ももたずそうしました。自分はキャリア志向だと思っていましたが、実は専業主婦にも憧れがあり、結婚したことで仕事よりも家庭を大事にしたいという気持ちが高まったのだと思います。

その後登録した派遣会社から、ある物流会社に派遣され、ヨーロッパ向け海上貨物の輸出部に配属されました。小さな会社でしたが、毎週船の出航日に合わせて書類作成や手配をし、電話応対はひっきりなしで、目まぐるしい忙しさ。一年後には派遣先で正社員となり、それなりに充実した毎日を送り、共働きで収入を得ることでマンションの購入もでき、私が正社員で忙しく働くことに夫は反対しませんでした。

結婚五年目で妊娠

そんな矢先に、妊娠したことがわかりました。

その日は土曜日で、薬局で買ってきた検査薬で陽性だったので総合病院へ行き、まだ心音は確認できませんでしたが、確かに妊娠しているとのこと。出血など少しでも異常を感じたらすぐ来るようにと医師から言われました。家に帰って、雑誌『ELLE à table』に掲載されていたスフレをつくり、結婚五年目でようやく母になるのだと一人はしゃいでいたのを覚えています。

月曜日の朝、下腹が重くなり、ほんの少し出血があったので会社に遅刻の連絡をして再び総合病院へ行きました。婦人科の特殊な診察台は何度座っても慣れないものです。

ところが、診察していた医師から、「入院ですね」と言われ、予想外だったので茫然としてしまいました。「膣（ちつ）の中に大量の血が溜まり、このままだと流産の可能性があります」「今、車いすを持って来るから動かないように」と言われても耳に入らず、早く会社に連絡しなくちゃ、でも妊娠したことはまだ言っていないし、どう説明したらいいのか……頭の中でぐるぐると言いわけを考えながら、緑色の公衆電話にテレフォンカードを差し込んだのです。

電話口に出た上司は驚いて、「え？　いつ？　いつ妊娠したの？　なんで？」と慌てていましたが、なぜ今自分がこういう状況なのか説明できず、上ずった声で、とりあえず当分入院が必要だと告げて電話を切りました。

妊婦たち

その後は六人の大部屋に入院。トイレはベッドサイドのポータブルを使用するように言われ、便の時には車いすでトイレに連れて行くのでナースコールを押すよう説明を受け、早速点滴を打たれ、二週間ほどの入院生活が始まったのです。

そこに入院していたのは皆、切迫流産か、切迫早産の方ばかり。二十代から四十代と思われる方まで年齢の幅も広く、同じように緊急入院した方ばかりでしたが、私以外は全員未婚でした。荷物を届けてくれる人がいない方もいて、こっそり点滴交換の合間に荷物を取りに家に帰っていました。「私、美容部員なんだけど、デパートで仕事していたら出血しちゃって」と話しかけてきた女性は、高級化粧品のいっぱい入った籐のかごをベッドサイドに置いて、朝からせっせとお顔のお手入れをしていました。

せっかく暇な時間ができたからと、私は中国語の勉強をすることにしました。中国語の発音の練習をしていたら、ある日看護師さんから「日本語の話せない患者さんが出産したのだけど、産後のケアについて訳してほしい」と頼まれ、説明のプリントを見ると「胎盤（たいばん）」とか「悪露（おろ）」とか書いてあります。日本語でも、その時にはまだ聞いたこともないことばがつらなっていて、これは困ったぞと、身振り手振りで説明しましたが、ほとんど通じていなかったと思います。夫だと言って来ていた日本人の男性は全く中国語が話せず、この二人はどうやってコミュニケーションをとっているのだろうかと不思議に思ったのでした。

法的に婚姻関係を結び堂々と夫婦と言え、普通に妊娠して、お腹で子が育つのを夫婦で幸せに感じ皆が祝福する。この時はそれが当たり前だと思っていました。「普通」ではない妊婦たちを目の前にして、この中で私だけが普通だ、と信じ、普通でいることに安堵していました。夫婦のありかたも妊娠も人それぞれだと、その後嫌というほど実感することになるのに……。

退職

いったん退院し、別の病院に通院先を移したものの、出勤したら会社のトイレで大出血し、タクシーでそのまま出産予定の病院に行き、またもや入院。会社は結局そのまま退職することになってしまいました。

一度退院できた時、つわりがひどく自宅で激しく嘔吐していたら、新卒で入社したばかりの男性社員から仕事のことで電話があり、心配して来てくれていた私の母が「娘は今吐いています」と言ったものだから慌てて電話を切ったようで、悪いことをしてしまったなと思いました。

結局、そのまま会社の方と会話をすることもなく、総務担当者から手続きの書類が送られてきて退職しましたが、不思議なことに今でも時々、その会社に復職して専門用語を使いながら働いている夢を見ることがあります。

毎日忙しくて、部署の上司も同僚も個性的すぎる人ばかりでしたが、そんな同僚たちは観察すると面白く、笑いの種はつきなかったし、何より上司から信頼されている実感があったので楽しかったのです。最後に電話をかけてきてくれた、白くてひょろひょろした新入社員の男性は、まだ辞めずにいてくれるといいなと思います。

入院での安静生活を経て、予定日の一カ月前にするりと上手に生まれてきてくれたピョンちゃんは、ピンク色の肌がとてもきれいで可愛らしい子でした。

しかしその後、急に脈が落ちて、ピョンちゃんはＮＩＣＵ（新生児集中治療室）のある病院へ救急車で運ばれて行ったのです。私は一人、茫然と病院の玄関で車いすに座って救急車を見送ることしかできませんでした。

外は秋の匂いがして、冷たい風が吹いていました。私の青ざめた顔を風がなでていたのでしょうが、感覚は全くありませんでした。

迷ってばかりで神頼み

普通の幸せ

私は、こうと決めたら突き進む性格ですが、実は迷ってばかりで占い好き。毎朝、朝刊の占いを見ることから始まり、ＳＮＳでは週の占いでラッキーカラーを確認し、夜に

Kami
danomi
Kami-sama
Hotoke-sama
Gosenzo-sama

は翌日の占いがスマホに送られてきます。何かにすがることは、ハプニングもラッキーも受け止めやすくなるように思います。

信仰する宗教はありませんが、幼い時からここぞという時には神頼みをしてきました。「神様、仏様、ご先祖様」と、ご先祖様まで頼りにするオリジナルの祈りは、物心がついたころから寝る前に必ずしていました。大人になり、いくら努力しても何度神頼みをしても叶わないことは徐々に増え、時に神頼みをしたことが裏目に出ることもありました。

妊娠中に切迫早産となり入院していた時には、「神様、仏様、ご先祖様、どうかこの子が無事に生まれますように。生まれたら私はどんなことでも耐えます」と毎日祈っていました。そうして、念願叶ってピョンちゃんは無事にするりと生まれてきました。硬いピョンちゃんの頭が私の産道を回転しながらすいすい進むのを感じ、「出産がこんなに楽ならば、私は毎日産める」と思ったくらい、ピョンちゃんは「生まれつき」身体能力が高かったのです。

ところが、ＮＩＣＵに運ばれてしまい、「退院したら非常に重い障がいが残ります」と言われ、おままごとを一緒にするとか、毎年家族で旅行をする「幸せ」で「当たり前」な人生は崩れました。おままごとを一緒にすること、家族で毎年旅行をすること、そんなことを当たり前にできることが、「幸せ」だと考えていたのです。

願いは叶ったけれど

ピョンちゃんを手に入れた代償は、「どんなことにも耐えなければいけない」、ということでした。生まれつき身体能力が高かったはずのピョンちゃんを、私の願いのせいで立つことも座ることも、手足を自由に動かすことさえできない子にしてしまいました。

「神様は、耐えられる人にしか試練を与えない」ということばがあります。このことばは、残酷です。私は、自分で「耐えます」と祈っていたはずなのに、耐えることがこんなに辛いとは想像できませんでした。ピョンちゃんが無事に生まれ、願いは叶ったにもかかわらず、「やはり私は、耐えられる人ではありませんでした」と前言撤回をしたいと何度も後悔しました。

私は、ピョンちゃんが生まれてから「神様、仏様、ご先祖様」と祈ることはなくなりました。信じられるのは自分だけ、いえ、自分さえも信じられず、何を考えているのか、どうしたいのかわからず、迷うことすらできずに、その時、目前のことに対処するだけで精一杯だったのです。

ピョンちゃんの生後数週間後に、病院のＮＩＣＵではじめて抱っこ。

2章 結婚生活

不安の中で

精神状態が不安定に

障がいをもつピョンちゃんが生まれてからの日常は、激しい孤独と不安感に悩まされていました。ピョンちゃんが二歳くらいまでは、私の精神が一番不安定で、表面では変

In anxiety

わりなく明るく話しができても、浴室やトイレのドアを閉めて入れない、すぐに過呼吸を起こす、などの症状がありました。

ちょうどピョンちゃんのてんかん治療のため、私が付き添い入院をしている間に夫から離婚話が告げられ、退院すると間もなく夫は家を出て行ってしまい、急にピョンちゃんと二人きりの生活になってしまったころのことでした。

当時のピョンちゃんは、夜通してんかん発作を起こしては泣き叫ぶ、ミルクを吐いたり尿を漏らしたりで、私は毎晩のように夜中にシーツを取り替え、熟睡できない毎日。ピョンちゃんにあたるわけにもいかず、もっていきようのない怒りで時に怒鳴り散らし、壁を思いっきり殴り叩き、次の瞬間ピョンちゃんを抱きしめながらソファで夜が明けるまで知っている童謡を歌う、そんな日々を続けていたのです。

お正月からクリスマスの歌まで、十二カ月分の童謡を歌い続けました。終わったらすべてがおしまいになりそうで、なるべくゆっくりと。そうして、閉じたカーテンの隙間から日が差してくると、ほっとしたものです。

このような恐ろしい「夜」は、私の精神を壊し始めていました。先が全く見えない大きな不安の塊にさいなまれ、自宅にいると「今なら飛べるはず」という声が聞こえてきて、八階のベランダから簡単に飛び出したくなる衝動に駆られていました。無防備なピョンちゃんは、その細い首に私の指一本置くだけで、簡単に命が奪えそうな気がしました。ミルクをあげなければ、てんかん薬を飲ませなければ、いえ、何もしなければいいのです。そして私は、ベランダに飛び出せばこの苦しみから開放されるのです。

ピョンちゃんは、二歳くらいまで医療的ケアがなかったので訪問看護が頼めず、三歳まではヘルパー制度の利用が認めてもらえませんでした。誰にもどこにもつながりがなく、その日を終えて朝を迎えるまでの数時間、いえ数分を過ごすことでさえ、とても苦しかったのです。今考えると、よく生き延びたなと思います。

入院中の大義名分

ＮＩＣＵを退院してからずっと、ピョンちゃんの入退院は頻回でした。ピョンちゃんの体調が悪くなって救急外来に行くと、必ず付き添いでの入院になります。救急外来に行く時は、必要な荷物や退院時に乗る車いすも運べるので、できるだけ福祉タクシーを利用していました。しかし、病院に電話するとすぐに救急車を呼ぶよう言われることもあり、救急車に乗って行く時には、ピョンちゃんの医療券やお薬手帳、三日分くらいの薬、吸引機、オムツ数枚など、最低限の荷物を用意するのが精一杯でした。

「入院しなくちゃいけないかも」という、ピョンちゃんの体調不良の状態が続くと憂鬱になります。不自由で、休めない生活が続くからです。けれど、どこかほっとする気持ちもありました。入院したら、医師や看護師さんがいる安心感、そして何より、「ピョンちゃんのことだけ考えればいい環境」に置かれることにです。子が入院するのだから、当然「私は、子のことだけに執心すればいい」という大義名分ができるからです。

自分の身の回りの清潔度や食事、睡眠、自由が保てない生活でも、私にとっては精神的な開放がピョンちゃんの入院生活にはありました。本当ならば、ピョンちゃんは入院しなくてはいけないくらい重い病状で、いつどうなるかわからず心配でたまらないはずなのに。

いざ退院日が決まると、また憂鬱になります。社会と遮断された入院生活に慣れてしまうと、「日常生活」に戻るのが怖いのです。私にとって「日常生活」は、いつも不安と焦りがつきまとい、気が張り詰め、とても疲れる場でした。

いつピョンちゃんの体調が急変するかわからない不安の中で、明日、一時間先に入院したら何もできなくなる、やらなければいけないことや責任をもたなければならないことは、「今」片付けておかなければいけない……追い立てられる焦りを常に感じていました。

だから私には、何事もすぐにとりかかる癖が身についてしまいました。締め切りがずっと先でも、今終わりにしておかなければ、連絡や返信はすぐにしなければと、常に頭の中で次のことを考えていく。

そうした癖は、いいこともありますが、結果雑になり、やり直しを余儀なくされたり、自分をだんだん追い込んでいくことにもなります。他の人と連携しながら仕事をしている時には、相手を追い立てることにもなりかねません。私の都合、私の不安感から「早く返事がほしい」と。

私はだんだん周りが見えなくなり、他者を気遣うこともおろそかになっていきました。

知らない優しい人たち

お見舞いに来る知らない人たち

入院中は、時々私の知らない人が突然お見舞いに来ることがありました。夫の同僚や上司たちです。彼らは必ず高価なお見舞いを抱えて来るので恐縮しきりでした。前触れ

なく突然来るので、私はノーメイクで、身につけているスウェットのズボンは、病院の古めかしいコイン式の洗濯機で洗ってよれよれになり、お尻と膝が出ていて、Ｔシャツも襟首が伸びきっている状態。そんな格好で知らない見舞い客にお会いすることに、いつの間にか慣れていき、時にはカップラーメンを食べている最中だったりもしました。

テレビドラマで見る小児科の患者とは全く違うピョンちゃんを見て、彼らは一様に驚き、なんて言ったらいいのかという困惑した表情を見せます。「何が食べられるのかわからなくて……」と言って、スナック菓子の入ったクリスマスブーツを渡された時には、申しわけなくて「私も食べますからありがたいです！」と言って手を出すと、しっかり【お見舞い】と書かれたのし袋も一緒に握らされました。豪華なお見舞いのお花をいただくこともしばしばありました。

また、友人の知り合いの、音楽療法士の方がお見舞いに来てくれたこともありました。お子さんがかつてピョンちゃんと同じ病院に入院していた経験があるとのことでした。

その人とは、十五年以上経った今でも年賀状のやり取りが続いています。会ったこともない人がお見舞いに来るなど、今ならおそらく認められないでしょう。しかし、当時は緩やかな規則のもとにそれが可能だったことに感謝しています。

当事者の気持ちは、なってみないとわからないし、彼らもどう話しかけていいのか、役に立つにはどうしたらいいのかを迷いながらも、気持ちが動いて勇気をもって訪ねて来てくれたのだと思います。知らんぷりをして、かかわらないこともできたのに。

ピョンちゃんの周りには、優しい人たちが集まってきます。そして私も、その恩恵を受けているのです。

神様からのご褒美（？）の出会い

「知らない優しい人たち」の中でも一番印象に残っているのは、ＳＮＳで出会った方です。私は、当時読んだ本の感想をＳＮＳに細々と綴っていました。ＳＮＳがまだ一般的ではなく本音を吐露することはできませんでしたが、読書感想を書いて自己表現をすることで育児や自分の置かれた状況から逃避していました。

私の感想文を読みに来る人はほとんどいませんでしたが、ある時から同じ人の「足跡」（既読した人がわかる）が付くようになりました。やがてその人からコメントが付き、好きな作家の話で盛り上がり、ダイレクトメッセージでやり取りをするようになったのです。

ピョンちゃん一色だった私の生活に、ほんの少し潤いが生まれ、読書感想のやり取りが楽しみになっていきました。少しずつ、ピョンちゃんのこともダイレクトメッセージで話すようになりました。

そして、ピョンちゃんが三歳の時の長期入院中に突然連絡があり、ハンドルネームしか知らないその人が、なんと手づくりのお弁当を持参してお見舞いに来てくれたのです。

お弁当の中身は、鰆の西京焼き、里芋の煮っころがし、卵焼きに、別容器に入ったご飯と生野菜サラダ、丁寧に小さなドレッシングまで付いていました。健康を考えて一生懸命つくってくれたお弁当は、お世辞抜きでとても美味しく、今でもメニューを思い出せます。

その後、ピアノが趣味のその人が、「ショールームでピアノを弾くので、聴きに来ませんか？」と誘ってくれました。レンタルルームが一時間借りられると言うのでピョンちゃんを連れて出かけて行き、ピョンちゃんと二人、緊張しながら息もひそめて神妙に聴きました。

何曲も披露してくれたのですが、ベートーベンの「月光」と、上原ひろみさんの「グリーンティーファーム」という曲を聴いたことだけは覚えています。私はワンピースを着て行ったのですが、偶然にも緑の葉の模様で、お茶畑の曲「グリーンティーファーム」にとても合っている、と思いました。

ショールームの店員さんも一緒に聴いていて、「ピアノ、お上手ですね」と褒め、ピョンちゃんは珍しく発作を起こさず眠りもせず、可愛らしくバギーの上に座っていました。私は、子が重い障がいをもっていることを一時忘れて、心地良くピアノの音に耳を傾けていました。

その人は別れ際に私の手をとって、「頑張ってね」と言い、私がバギーをたたんでタクシーのトランクに乗せるまで見送ってくれました。

心の支えとして

帰りのタクシーが自宅に近づくにつれ、現実に引き戻されていきます。それがもったいなくて、ピョンちゃんを抱っこしながら私たちだけのミニ演奏会を何度も思い返し、久しぶりに心の底から嬉しさや楽しさが沸き起こってきました。

ピョンちゃんがまだ小さく、ヘルパーなどの制度も使えていない時で、サポートも受けられず、私は、「これはしんどい時にいただけた神様からのご褒美だ」と思いました。その人との会話の中で私は、「今は不自由で辛いなと思うこともあるけれど、十年後は何か目標をもって達成していきたい」と話していました。

冷静に考えたら、その人は私の置かれた状況に興味をもち、自分のできることを考えてしてくれただけだったのでしょう。でも私は、それが私自身への興味や関心だと勘違いしてしまったのです。私の勘違いが伝わったのかそうでないのかはわかりませんが、その後、全く連絡が取れなくなってしまいました。

私は、寄りかかっていた想いの置き場をなくし混乱しました。そして、混乱の中で、ハンドルネームしか知らない、二回しか会ったことがないので顔もうろ覚えなその人が、実在したのかもわからなくなっていきました。

それでも、この出会いは私の心の支えになり、今でも何か目的や目標を達成できた時には、心の中で「頑張ったよ」と誰にと言うわけでもなく、報告しています。

これまで出会った知らない優しい人たちは、今どうしているのでしょうか。どこかでピョンちゃんとの出会いを時々思い出し、医療的ケア児や重い障がいをもった人にほんのちょっぴり関心を寄せてくれることがあるといいな、と思います。

どんなきっかけでもいい、その人の普段の生活では出会うことのない、ピョンちゃんのような子を知ってもらう機会になればいい、ピョンちゃんが誰かの記憶として残ればいい、と思うのです。

相談できる場所

心療内科へ

ピョンちゃんが一歳の時に、リハビリや生活の訓練のため母子で二カ月間、施設に入所しました。私の精神状態が一番不安定な時期だったので、担当になった心理士さんから、すぐに心療内科の通院を勧められました。自分の精神状態が医者にかからなければいけないくらいだということを認めたくなかったし、薬に依存することが怖くて、何度も抵抗していたのですが、すでに予約を入れられていて、仕方なく心療内科に行ってみたのでした。

先生は、神経難病患者やてんかん患者を専門に診ている国立精神・神経医療研究センターに勤めていたことがあり、ピョンちゃんのてんかん薬にも詳しく、おひげをなでながら気さくな態度でふんふんと話を聞き、高そうな万年筆で大胆な字を書く人でした。

地下の診療所のロビーはおしゃれで、熱帯魚が泳ぐアクアリウムの水槽はいつもきれい。私は、壁に掛けられたカラー版画の「いろはにほへと」の五十音の文字を見るとなぜかほっとし、通院のたびに心の中で、「あさきゆめみし　ゑひもせす」まで読み上げていました。

それからしばらくは、定期的にピョンちゃんも一緒に通うことになりました。

やがて私は、自分の不幸話をするのに飽きて、毎回ピョンちゃんの病状やてんかん薬の調整の話をするようになりました。先生も、「ピョンちゃんは最近どう？」と必ず聞いてきて、まるでピョンちゃんの主治医のように応対してくれるので、先生に定期的に会いに行くことが、私の精神的な安定につながっていったのです。

女性専門相談機関へ

心療内科への通院を勧めてくれた心理士さんとは、母子入所を終えてからも数年間、外来で私の家庭のことや自立の相談をさせてもらいました。女性専門の相談機関や、法テラスの弁護士など、自立のための相談先も教えてくれました。

女性専門の公的な相談機関では、女性活躍の推進活動に力を入れていました。私は電話で事情を話し、予約をして、ピョンちゃんを連れ電車を乗り継いで出かけて行きました。相談員さんに悩みを話し終わると、「申しわけないけれど」と言いながら、対応できないことを告げられました。

相談員さんは、重い障がい児との生活を想像することすらできないようでした。【豊かで平和な男女平等参画社会の実現に向けて】というパンフレットの文字がむなしく、障がい児の母は、この国の「女」からは除外されているようだと冷めきってしまい、ここに相談することをやめました。

女性には、子どもがいる人もいて、その子どもが障がい児であることもあり、親の介護をしている場合もあり、女性自身に障がいがあることもあります。あらゆる立場の女性を想定しなければ、豊かで平和な社会は実現できないはずです。

でも、みんなが平等に社会で働くことの実現は難しいし、社会も認めないことがあります。障がい児がいるのに、介護が必要なのに、自己実現のために子どもや親を犠牲にして働くなんて……そんなことばを耳にすると、悲しくなります。

介護が必要な家族がいる女性が、制度や人の支援を得ながらも働き、それを「良かったね」と、推奨される社会を実現してほしいです。

弁護士事務所へ

心療内科の医師も、心理士さんも、私の精神的な症状の改善には「離婚が一番だ」と言います。思案しながらも、ピョンちゃんを連れて法テラスや人の紹介で敏腕と評判の銀座の弁護士のところにも行きました。そこでも、離婚を勧められ、「慰謝料は必ず取れるから頑張りましょう」と励まされました。

中でも一番神経をすり減らしていたのは、私の母だったかもしれません。私がピョンちゃんの体調を心配するように、私の母も娘の私が心身ともに「不幸」であることを相当悩んでいたのだと思うからです。実は、銀座の弁護士を探してきたのも母だったのです（ちなみに、ピョンちゃんの銀座デビューはこの時でした）。私の意思が固まらないままに、周りは「離婚がいい解決法だ」と、どんどん道筋ができていきました。

しかし、当時の私は、個人的にはもう夫婦には戻れないと拒絶しながらも、家庭内別居でもいいから、「離婚だけはしたくない」という気持ちがありました。一人親になったら働きにいけないので、生活が難しいとわかっていたからです。いえ、それだけではありません。「結婚したのは自分の責任で、それを反故にするのは正しくないことだから、私は離婚を選択すべきではない」と、思い込んでいました。

そうこうしながらも、ピョンちゃんは入退院をくり返していました。そのたびに、生活を回すこと、離婚問題、通院、通学の付き添い、金銭的な悩みなど……。ピョンちゃんの入院によって、一時的にすべての煩わしさから開放されることで自分を保ちつつ、年数は過ぎていったのでした。

児童相談所へ

その後、見かねた区の職員からピョンちゃんと離れて生活することも提案され、児童相談所にもつなげていただき、面談にも行きました。

私が住んでいる区内に児童相談所はありませんでしたが、当時は月に一～二回、区役所に管轄の相談員さんが来てくれていました。区の担当職員も交えて、狭いパーテーションで囲まれた部屋でピョンちゃんも一緒に、皆で頭を突き合わせて相談をしました。

離婚したら私が働いて自立するということは難しいので、「一年か二年、ピョンちゃんを施設に入れたらどうか」という話が出ました。施設に入っている間に仕事を探して私が働くということです。でも、せっかく就職しても二年後にまたピョンちゃんと一緒に生活するためには、仕事を辞めなくてはいけません。「二年間で生活費を稼ぐ」という話も出ましたが、数年働いてまた離職してピョンちゃんと生活し、生活費が枯渇したらまた就職して……そんなことは現実的ではありません。そんな都合のいい働き口もありません。

それに、一度ピョンちゃんが施設に入ったら、二度と一緒の生活には戻れなくなりそうなのと、何より当時はピョンちゃんと一時も離れることができない精神状態だったので、私は拒絶しました。医療的ケアのあるピョンちゃんを、すぐに受け入れてくれる施設を近くで探すのも困難でした。

相談員の方は毎回、「何もしてあげられなくてすみません」と気の毒そうに頭を下げ、皆でため息をつきながら部屋を出るのがお決まりとなっていました。それでも、こうして一生懸命行政の方が私たち親子のことを考えてくださる時間は、何よりも私の心の支えになったのです。

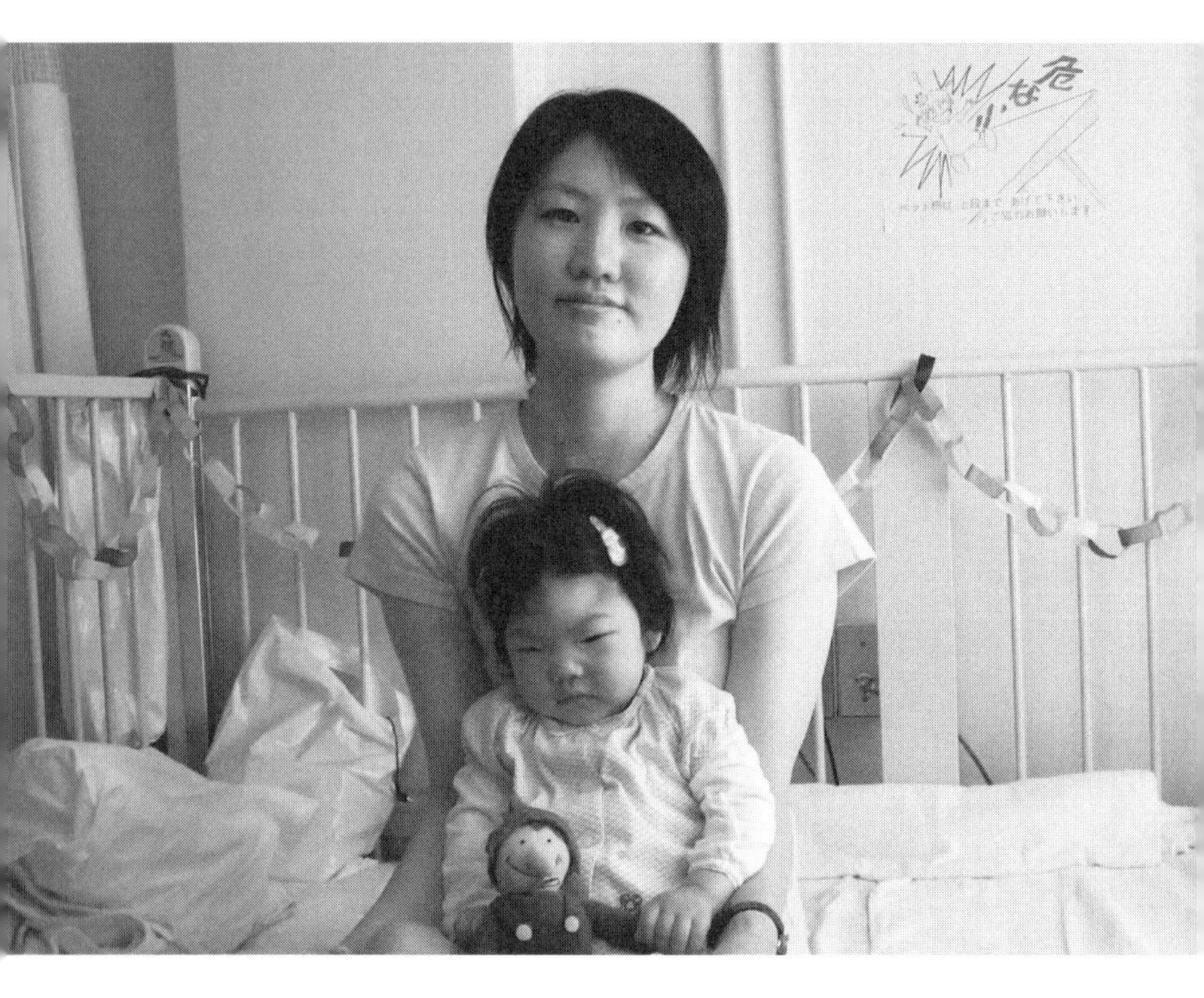

大学病院の病棟ではじめての誕生日を迎え、ベッドの周りを折り紙で飾ってお祝い。

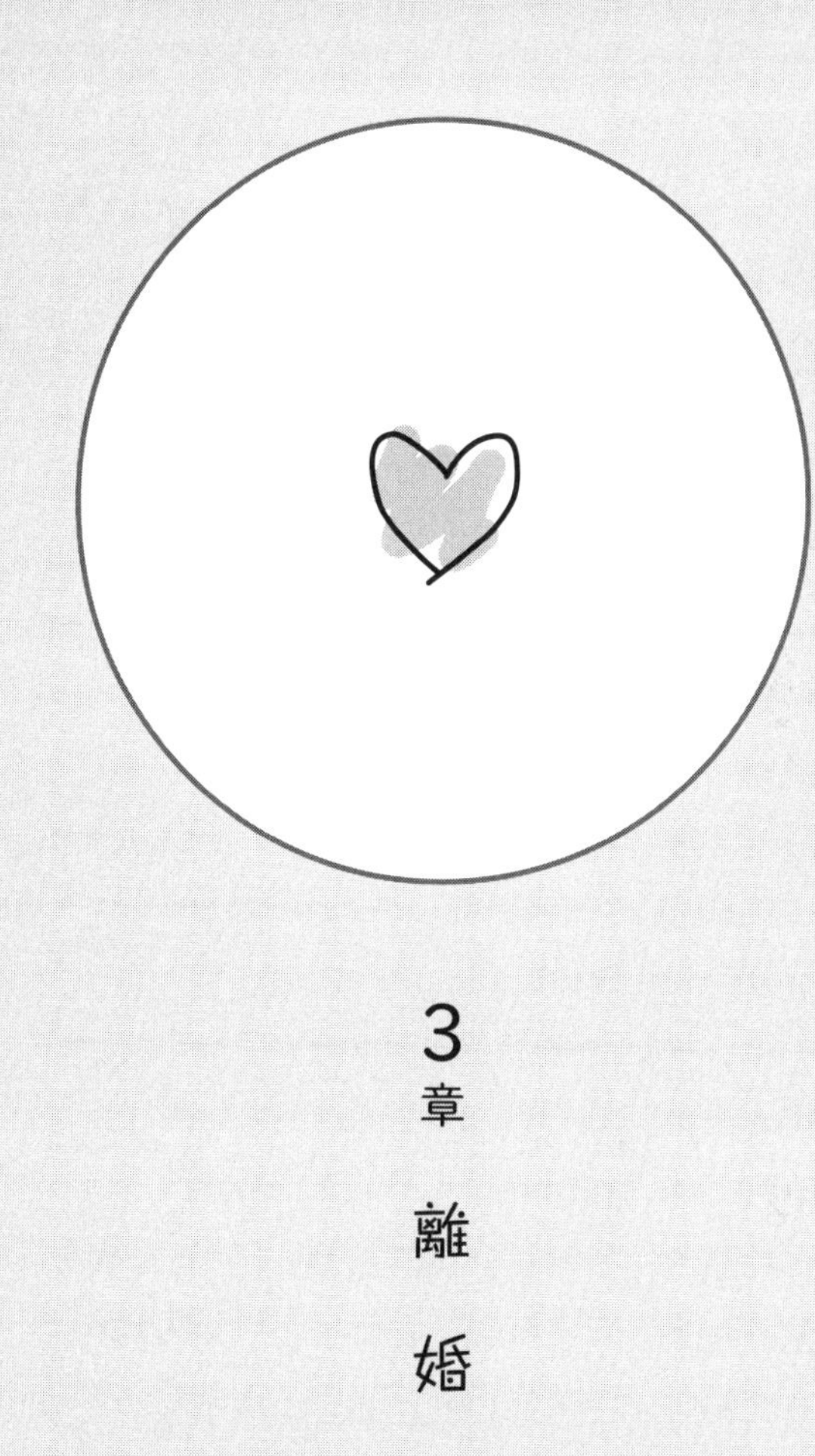

3章 離婚

離婚できる？

実家には帰らない

離婚に踏みきれなかった一番の問題は、離婚をしてからの住まいや生活のためのお金についてです。児童手当や障がいの重い子を育てているともらえる手当は、世帯主の口

座にしか入りません。まずは離婚をして、私が世帯主となり、裁判所に申し出てピョンちゃんの籍を抜いて私の籍に入れるまでは、手当は私の口座には移せないとのこと。別居の年数が数年あれば離婚と同様に扱ってもらえるようでしたが、一度出て行った夫は一年足らずで戻ってきていました。

このような状況になると、必ず「実家に帰れないの？」と聞かれます。実家に帰りさえすれば、住まいも子のケアも親が与え手伝ってくれるから安心なのでしょうが、ほとんどの人はそう「うまく」はいきません。実家が近くならまだいいのですが、全く違う自治体に引っ越すとなると、障害者手帳や保険などの変更手続き、訪問看護や訪問介護など支援の手も、一から探して手配するということになります。何より病院も変えなければいけないとなると、受け入れ先を探すのが大変です。

母はとても頼りになる存在でしたが、一緒に暮らすことで私の母への依存度が高くなり、何も決められず、自立できなくなってしまうのではないかという思いがありました。

母子寮

そんな時、住んでいたマンションの近くに母子寮ができました。正確には「母子生活支援施設」。十八歳未満の子どもを養育している母子家庭、または何らかの事情で離婚の届出ができないなど、母子家庭に準じる家庭の女性が、子どもと一緒に利用できる施設です。生活圏が変わらないことは大きなメリットでしたし、見学に行くとバリアフリーの部屋が二つもありました。新築の１ＬＤＫは二人生活に充分な広さで、車いすでも入居可は魅力的。

しかし、ここでの課題は、当時利用し始めていた訪問看護師さんやヘルパーさんなどの出入りが難しいということでした。母子寮の性質から、外部の人の出入りは極力少なくしないといけないのです。そして入居中は、就職活動をしなくてはならず、二年以内に職と住まいを決めて退去することが条件でした。就職や職業訓練に行く間は子どもを職員がみてくれるというのですが、医療的ケアがある障がい児のピョンちゃんは当然対象外。私に、二年以内に退去できる見込みは全くありません。

ここに転居できれば、新しい人生が始められる、自分も勇気をもって社会に出られるかもしれない、という希望は消え、逃げ場はなくなってしまいました。

それから六年間は、すべてをあきらめることにし、妥協することにも慣れてきて、このまま生きていくのだと覚悟を決めました。と同時に、「不幸」なことを他人のせいにし、愚痴だけは饒舌な、つまらない大人になっていったのでした。

妥協して生きる……

離婚せずに妥協して生きていく覚悟を決めたころ、ピョンちゃんが就学したあとから、生活が苦しくなっていきました。

一番は、金銭面です。はじめは夫から生活費として決まった金額をもらっていましたが、途中から減っていきました。保存袋三つに、「食費」「ドラッグストアなどの消耗品費」「福祉タクシー代や医療物品費」などと分けて細かく使うようになっていました。ちょっとしたお小遣いがないことがとても辛い日々でした。私は、母からお小遣いをもらうようになっていました。

ピョンちゃん個人の通帳に入る手当がいくらかありましたが、それらはすべて生活費として消えていきます。やがて世帯主の口座に入る手当もすべて生活費となり、わが家はピョンちゃんに生活させてもらうようになっていったのです。

お金がないことはみじめで、本当に大変なのだと、お金を稼ぐこと、もらえることのありがたみが身に沁みました。

この時期の経験から、お金を得るにはそれ相当の対価として役に立たないと雇ってはもらえない、そう考えるようになりました。生きていくためには、「生活」をしなければばなりませんし、生活していくにはお金が必要です。もしも、ピョンちゃんの手当がもらえなくなり、自活しなければいけなくなったら、十年以上も働いていない私を雇ってくれるところはあるのでしょうか。誰もお金を恵んでくれないし、生きるためには自分でなんとかしなくてはなりません。

だから生活費のめどがつかなかった時期に、私は自分から離婚へ向け踏み出せませんでした。家庭内別居でも、不機嫌な態度をとっても、許される環境であるなら、ある意味「恵まれている」と思っていたのです。

離婚

そして、その時は突然やってきました。ピョンちゃんの入院中に、病室に来た夫から緑色のラインがついた紙を差し出されたのです。

「自分の稼いだお金は、自分のために使いたい」
勇気を振り絞るように夫はそう言いました。ピョンちゃんの体調不良で振り回されること、生活に他人が常に入ってきて日々ピョンちゃんのスケジュールに縛られることなどから解放されて、自分の人生を歩きたいのだと、私は解釈しました。年齢的にやり直せる最後のチャンスなのだと。

ピョンちゃんのことは可愛いと思っていたはずです。けれど、何をしてあげたら喜ぶのか、誕生日やクリスマスに何を買ったらいいのか、ことばを話さない、動けない、一緒に楽しめない「わが子」との接し方が、夫はずっとわからないでいたように私は感じていました。

だから、私はいつもピョンちゃんを「連れ子」のように思い、ピョンちゃんのことは私がすべて行うのだと、夫に任せることを遠慮して暮らしていました。私が彼を父親として認めなかったことが、彼を苦しめていたのだと、今はそう思います。

生活費のめどはたってはいませんでしたが、私は覚悟を決め承諾しました。

その日は、ピョンちゃんの十二歳の誕生日。離婚届の入ったバッグを持って、夕飯を買いに病院近くのスーパーに出かけた私は涙が止まらず、その涙が嬉しいのか悲しいのかもわからず、スーパーのお弁当コーナーをうろうろしながら、母に報告の電話をしました。

「今、離婚届を渡されたよ」

泣いていることを悟られないよう、極力感情を出さずに告げると、電話の向こうの母から「良かったね」と返ってきたのです。その時はじめて、私はほっとしたのだと実感しました。これからは、ピョンちゃんと自分のことを考えて生きていこう。

涙は止まらなかったものの、ささやかながらピョンちゃんの誕生日会をと、パックに入ったケーキを買って帰宅、いえ、病棟に戻ったのでした。

離婚の手続き

戸籍を移す

「離婚するのは大変な労力がいる」と言われますが、まさにその通りでした。私の場合、様々な手続きを行っている間に、またピョンちゃんが入院して退院して、と思ったらま

Pyon-chan

た入院してと、本当に大変でした。

まず、入院中に離婚届を出されてしまうと、保険証が使えなくなってしまうのではないかと思い、調べる時間もなかったので、とりあえず退院するまでは提出を待ってもらいました。

そして、離婚するにあたり、私の頭にあったのは生活費をどうするかということ。主な収入はピョンちゃんの手当が頼りです。日本は、「世帯主」主義なので、例えば夫が出て行ってしまい離婚が成立していないと、「世帯主」が夫であればそこにしか児童扶養手当などは振り込まれません。妻が働いていて世帯主となっていればいいのですが、稼ぎ高を考えるとたいていの家庭は夫を世帯主としています。

離婚すると私が夫の籍から抜け、私個人の戸籍ができます。しかし、親権者が母でも、娘は父親の戸籍に入ったままです。娘と私の戸籍をつくるには、裁判所に申し立てをして夫の戸籍から娘を抜く許可をもらい、市区町村に私の戸籍に移す届けを出さなくてはいけません。手当の受取人の移動は、母娘の戸籍謄本がなければ成立しない手当もあるので、家庭裁判所への申し立ては必須なのです。

離婚成立まで

私の場合は、「世帯主」変更の手続きは、先に離婚が成立し元夫も私たちの生活を考えて住民票の移動まで完了していたので良かったのですが、それからの手続きには時間がかかりました。離婚届を出してすぐに、手当の手続きのすべてを済ませようと、体調の悪かったピョンちゃんを看護師さんやヘルパーさんにみていただいている間に、あっちこっちの窓口に行き、「早くお願いします」と懇願しました。窓口の職員の方も必死で対応してくれたのですが、結局、戸籍謄本がない、元夫の住民票が必要、私の非課税証明書が必要、その他もろもろで、その後六回は役所に足を運びました。

手続きを進める中で、元夫が協力的で良かったと心底思いました。彼の協力なしには、手続きができなかったからです。そう考えると、円満に協議離婚できなかった人たちは、その後の手続きをどうしたのでしょうか。母子手当をもらう手続きで元夫の引っ越し先の住所を書く欄を見ながら、ふと思ったものです。手続きは、手当だけではありません。生活上の様々な契約者を私に変更する手続きにも約三カ月かかりました。

日本の婚姻制度は、「家長制度」が基本という考えが根強くあるので、とても面倒な仕組みになっているように思います。妻は、「夫に属する者」の考えで成り立っているのだと思い知らされると同時に、夫の戸籍に入るのが当然としか思っていなかった私は、そうなりたいと思ったことをばかばかしく感じました。

こうしてようやく離婚が成立し、とりあえず私と娘は、今までの生活を同じ場所で続けられることになりました。

「貧乏でも幸せだよね」と言ってみたいが

さて、手当の手続きがやっと完了したものの、しばらくの間は一部しか入ってきません。申請時期によっては、四カ月ごとのものは先延ばしになるので、ドキドキしながら銀行に記帳に行きました。申請は受理されたけれど、「認定」されたのかどうかは、すぐには通知が来ないのです。入金がないと役所に電話をしては、申請が受理されていることだけを確かめることもありました。

障がいの重い子を抱えているといろいろな手当をいただけるのですが、それが三カ月ごとだったり、四カ月ごとだったりまちまちです。月によっては、ほとんど入ってこないこともあります。せこい話ですが、私はお金のことしか考えられなくなっていきました。

お金の余裕は、心の余裕。身もふたもないことばですが、私にとっては真理です。「貧乏でも幸せだよね」と言ってみたいですが、お金がない守銭奴と化した私の口からは言えません。きりつめた生活をしていると、卑屈になり、周りが羨ましく、自分ばかりが不幸に感じてくるのです。

激動の一年の終わりに

この年、二〇一五年は、ピョンちゃんが小学六年生になった四月にＮＰＯ法人を設立、八月から重症児の通所支援事業所を立ち上げ、その間にピョンちゃんは肺炎が重症化しＩＣＵに運ばれて命の危機にさらされ学校に通学できなくなり、私は十一月に十七年間の結婚生活にピリオドを打ちました（詳しくは4章以降で）。

ピョンちゃんも私も激動の一年、心身ともにへとへとでしたが、年末には、『重症児ガール』の出版という嬉しい出来事も重なっていました。

2 ゆらぎながら迷いながら

母と私、私と娘

4章 起業

居場所づくり

放課後デイサービスを始めよう

私は、ピョンちゃんが三歳になった二〇〇七年の八月から、お友だちのお母さんたちと自主グループ「おでんくらぶ」を運営していました。訪問看護師さんやヘルパーさん

が自宅に入るようになり、療育センターにも通って徐々に社会とのつながりができて、一人きりで抱え込まなくても良くなってきた時期でした。

ピョンちゃんのように医療的ケアのある子を中心に、障がいの重い子たちとその保護者で集まり、月に一回、土曜日に遊びや親の交流、勉強会などの活動をしていたのです。医療的ケアのある小さいお子さんの家族の中には、唯一出かけることができたのが「おでんくらぶ」だったという方もいました。医療機器を持って、体調管理をしながら外出することは大変なのです。車いすごと乗車できるリフト付き大型バスを借りて、ボランティアさんや地域の開業医、看護師さんも参加してくださって、旅行や遠足にも行きました。

そんな中、二〇一二年に児童福祉法が改正となり、障がい児の放課後デイサービス事業が支援制度の一つとして始まりました。

需要の多い、知的障がい児が対象の事業所はあっという間に広がって毎年都内は増加の一途をたどっています。しかし、医療的ケアのある重症児を受け入れる放課後デイはほとんどありません。看護師さんや訓練士さん、保育士さんなどの配置、オムツ替え用ベッドのあるトイレの設置、送迎の手配も必須ですし、児童福祉法を順守して運営しなくてはいけません。体調を崩しやすい子どもたちは、突然入院になることも少なくないので定員を満たして運営するのも大変なのです。

区内には、区の委託事業で重症児専用の放課後デイが開設していて、月に数回ピョンちゃんも利用し始めていました。そんな矢先、「自分たちでも始めてみよう」という話が出てきたのです。私たちは、重症児対象の施設が二カ所あっても需要はあるだろうと考えました。

そこで、未就学児から高校生まで受け入れる「多機能型」とし、定員五名で開始することにしました。試算では経費とトントンで運営できるはずでした。後に、定員五名を常に満たすことの困難さから重症児の通所支援事業単体で、国からの報酬だけでは採算が取れない厳しい経営状況になることを思い知らされるのですが。この時には、地域の開業医の先生はじめ、多くの方からのご寄付やお借入れをし、勢いだけでスタートさせたのです。

次々と予想できない問題が……

法人の認定まで三カ月。場所を借りて、改装を行い、必要なものを揃えて、人材募集をして……ことばでは簡単でも、その一つひとつを語り出したら数時間かかりそうなくらい、次々と予想できない問題が起こりました。

まず、法人認定に向けて中心になって進めていたのは、重症児の保護者三名と、自主グループ時代から運営を支援してくださっていた方と、事業所の管理者になる方でしたが、保護者は子どもが体調を崩すと動けなくなってしまいます。また、動ける時間帯も子どものケアの合間をぬっての日中の午前中などの限られた時間になり、さらに、通学の付き添いや通院などもあって身動きがとれません。私は、ピョンちゃんの入退院が多くなり、開所前の一番大変な時にほとんどかかわれなくなってしまいました。

一番大変だったのは、人材の確保でした。特に看護師さんです。医療的ケアが複数ある子どもたちを受け入れるには、看護師さんが必ず常駐していなければいけません。

少し前の時代なら、病院から退院すらできなかった子たちです。ケアをするのは、ベテラン看護師さんでも「怖い」と言います。さらに、ここは病院ではないから医師もいないので、集まらないのは当然です。特別支援学校でも、非常勤看護師を採用するために新聞の折り込みチラシまで活用したくらい集まらないと聞きました。

その後、苦心していた人材の確保は、幸いもともとパートタイムだったピョンちゃんの訪問看護師さんや、私の友人の看護師、ホームページからの応募、人材紹介会社を通してなど、重症児にかかわりの深いベテラン看護師さんが集まってくれました。

地域の居場所ができた

どうにか事業開始の認可を受け、二〇一五年八月の暑い最中、重症児のデイサービスを開所することができたのでした。自主グループの時の名前を引き継いで、名前は「おでんくらぶ」としました。

ピョンちゃんも、バイパップという陽圧呼吸器を持参して通い始めました。ちなみに、事業所の場所はわが家の近所。たまたま条件の良かった物件がそこにあったのですが、ピョンちゃんは学校に通えなくてもお友だちに会える「おでんくらぶ」には、せっせと通い、地域の居場所ができました。

「おでんくらぶ」が開所した一年後、ピョンちゃんのヘルパーさんで放課後デイサービス事業所でも働いてくれていた方が、訪問介護事業所を立ち上げてくれました。こうして私は、児童発達支援と放課後等デイサービス（通所）事業「おでんくらぶ」と、ヘルパー事業所「訪問介護なべ」の理事の一人として運営する立場になったのです。

「エンパワーメント」（本来ある力を取り戻すプロセス）。私はこのことばが好きなのですが、まさに、地域の方々に支えられ、応援やご指導を受け、縁がつながり、自信をつけることができ、今があります。

ピョンちゃんと私は、地域での縁に助けられているので、できることならピョンちゃんとずっとこの大好きな場所で暮らしていきたいと思っています。

私にはもともと、助けてくれるヒーローを待ち望み、できることならすべて決めてほしい、解決してほしい、という他力本願なところがあります。本来は流される性格なので、意思決定が薄弱なのです。しかし、少し過酷な場に置かれて、どうしても自分で決めなくてはいけない、しかもそこに「子の命」という最大の責任が生じている場を乗り越えてきた経験によって、精神的にかなりたくましく鍛えられました。

さらに、自主グループや事業立ち上げを通じて、今度は「自分が少しでも支援をしたい」と、他者へのまなざしをもつことができました。これをしたい、こういう未来を創りたい、という想いが生まれたのです。

これこそ、エンパワーメントで、エンパワーメント力を得たことで、常に待つ立場ではなくなり、とても生きやすくなりました。他者の協力を得て解決していけることはたくさんあるのだ、とも気づかされました。

自主グループ「おでんくらぶ」で、お友だちや支援者の方と大型バスで旅行。車いすから降りて座席に座ると、ピョンちゃんおおあくび！

5章 私はマザコンで子ども依存症

マザコン

母と二人きりの世界

ピョンちゃんが生まれてから、一気に思い描いていた人生が変わり、不安の渦の中に急速に落ちていった私でしたが、思えば幼いころから、いつも「どうしよう、どうしよ

う」と思いながら胃が浮くような不安感を抱いていました。

私は相当なマザコンです。小さいころは、いつも母の後ろにくっついて周りの人たちに「金魚のフン」と呼ばれ、母が見えなくなると声を上げて泣き、笑顔よりも泣き顔ばかりで口は常に「への字」の子どもでした。

五歳の時でした。中耳炎をくり返していた私が、「耳が痛い」と言って騒いだので、母は急いで痛み止めの薬を買いに出かけて行きました。私はテレビアニメの「一発貫太くん」を夢中で見ていて、いつの間にか耳の痛みを忘れ、母がいないことに気づきました。「ママがいないよー」と泣き叫びながら玄関先で触れ回ったものだから、近所中の人がかけつけ、騒然となっている時に母が戻って来た、ということも。

父は仕事で忙しく、ほとんど家には帰ってきませんでした。いつも母と二人きりだったから、母に捨てられたら私は世界中で一人きりになってしまうという恐怖心が強く、母が見えなくなると不安ですぐに泣いていたのです。

「この世で私は母と二人きり」という思いが強く、小学生になると「母を私が守るのだ」、という気持ちが芽生えてきました。買い物に行くと、重い荷物は私が持つようになりました。父は筋肉質で男らしい人でしたが、家にいないので私にとっては頼りになる人ではありませんでした。引っ越しも、部屋の家具を移動させての模様替えも、水漏れで床下が水浸しになった時も、母と私二人で始末をしました。

母の喜びが不安を払拭

私は、学校で賞状をもらってくるたびに喜んで飾ってくれる大好きな母のために、一生懸命勉強をするようになりました。書道も絵も読書感想文も、小学校の朝礼で表彰されることが多くなるにつれ、周囲から褒められることは少なくなり、私自身はより表彰される立場にいなくてはいけない、と固執するようになったのです。

しかし、母から勉強しなさいとか、頑張れとか、期待するようなことばを言われたことはありませんでした。母は、冬休みの書き初めの宿題をする時には、一緒に筆を持ち大きな半紙に何枚も練習し、百人一首を覚える宿題の時には、使い終わったカレンダーの裏に書いて家中に貼りめぐらし、私より先に楽しそうに覚えていました。

私はより一層、常に正しくなくてはいけない、そう自分に言い聞かせるようになりました。それが母を幸せにすることだと信じて。母が喜べば、私からはけっして離れていかない、そう信じることが不安を払拭する手立てだったのです。

男性は「異なる者」

アニメの一発貫太くんは、確かお父さんがいなくてお母さんが野球監督をしていましたが、まさに私の監督は母でした。私は、父とそっくりな自分の顔が大嫌いでした。父は、私を文字通り舐めるようにとても可愛がってくれましたが、当時の私は、母と私をほったらかしにしているようにしか見えなかった父（男性）に嫌悪感を抱いていました。幼い時から男性を毛嫌いし、親戚のおじさんから「みいちゃん、大きくなったらおじさんと結婚しようか」と冗談で言われた時には飛び上がって怒り、一人、外に停めてあった自家用車にこもって出てこないこともありました。

母と私は同志で一蓮托生。私にとって、身近な女性代表の母は守ってくれる頼れる存在で、そこに男性は不要だったのです。時々帰って来る父親は、「異なる者」として本能的に身構えてしまっていたのでしょう。

やがて、中学から高校までの思春期を女子校で過ごした結果、今度は不思議と男性に対してあまり異性を感じなくなってきました。幼少期は、「異なる者」として意識していた男性が、思春期に身近にいなかったことで、性的に意識する体験をなくしたからかもしれません。

その結果、三歩下がって男性を立てることは頭になくなり、良く言えば男性も女性も意識しないジェンダーレス感覚が身についたように思います。主張したいことがあれば、自分が前に出ることも躊躇しなくなる一方で、時々周囲から生意気に見られていると悩むこともあります。

女性が主張すると社会的に疎まれることは、ままあります。女性はこうあらねばならない、という自分でも無意識に感じている一般的な範疇からはみ出すと、とたんに生きにくくなるのです。外からの評価だけでなく、自分自身がはみ出すことを受け入れられません。最近は、多様性を認め合う社会になりつつありますが、結局悩むのは、ステレオタイプに自分があてはまっていないなと気づいた時です。

私は、打たれ強いと自負してはいますが、実際はくよくよ思い悩むことが多く、不眠やすぐに胃腸の調子が悪くなるのは小さいころからずっとで、常備薬が手放せません。

「妹」がほしい！

そんな一人っ子が、クリスマスや誕生日にほしいと毎回お願いしていたのが、「妹」でした。そして、七歳の時に待望の妹が生まれました。ひょこひょこ踊りながら戦隊ヒーローの真似をする活発でひょうきんな妹が可愛くて、大切な宝物でした。

私は、これで一人にはならないという安堵とともに、私が懇願して得た妹をいつか誰かが取り上げてしまうのではないかという不安も常に抱いていました。スーパーに買い物に行くと、妹はいつも棚の裏に隠れたり一人でどこかに行ってしまうので、母と探し回りながら私は、「やっぱり妹はいつかいなくなってしまうのだ」と悲しんでいました。

しかし、妹は成長するにつれ自己主張するようになり、私とは全く違う価値観をもった個人なのだとわかったとたんに、「ああ、私が守らなくても誰も連れ去ったりはしない」と理解したのです。私の「もの」ではないのだと。

願いを叶え、幸せを実感すると、その一方で代償を払う羽目になるのではないかという不安は今でもあります。だから私は、幸せになるのが怖い。

客観的にみて、不幸な部分があったほうが安全な気がするのです。特に、私だけのもの、私が守らなくてはいけない大切なものがある時には、それをいつかは失うのではないかという不安があります。

母や妹を失うのではないかと怯えていた子ども時代の記憶が、かけがえのないピョンちゃんとともにいるためには、「何らかの代償を払い続けなくてはいけない」と考えさせてしまうのかもしれません。

子ども依存症

ピョンちゃんは私のもの

私は、相当なマザコンで、母も愛情を注いでくれて、その母と私の関係をピョンちゃんと私に転嫁していくのも「当然」と考えるようになりました。

私が親の期待に応えようとしていたように、私に子どもができたら、きっと私の期待に応えてくれるに違いない、と心のどこかで信じていました。私と同じ学校に入れて、同じ経験をさせたい。その思いから、私は自分のランドセルや高校の時の制服と体操服まで大事にとっていました。「お母さんは、この制服を着て通ったのよ」と見せて、娘に少し嫌がられながらも笑い合っている様子を思い描きながら。

そうして待望の娘が生まれたものの、あっという間にＮＩＣＵに運ばれて行きました。先が見えない不安感の中、医師から「何か質問がありますか？」と尋ねられた時に夫が問うたのは、「学校には行かれるのか？」ということでした。医師からの答えは「そういう子が通う学校に行けます」というものでした。しばらくは衝撃のあまり何を意味しているのか理解できず、何度医師のことばを反芻しても、「そういう子」とは何を指すのか、最初はわからなかったのです。

しばらくして、どんなに私が努力しても叶わない現実があるのだと飲み込めた時に、制服と体操服をゴミの日に出しました。少し経ってから、小学校に持って行くカバンには、オムツや薬、医療的ケアの物品を入れるので一般的なランドセルは不要だと知りました。その事実は、私のランドセルをピョンちゃんに一度も見せることなく捨てるのに、充分すぎる理由になりました。制服やランドセルを見せても、それを着たり背負うことはできない。ピョンちゃんは何も言えないけれど、私の期待を見せることは残酷だと思ったのです。

私は、「期待」というより「理想」のままに育てたかったのだと思います。その思いを振り払うように、私はピョンちゃんに依存していきました。自分から離してはいけない、この子は私が守らねばいけないのだと。

ピョンちゃんの命は、私の手の中にありました。体調が悪い時に病院に連れていかなければ、ちょっとした変化を見過ごしていれば、薬を投薬し忘れれば、何もしなければ、簡単に体調を悪化させることができるのです。親としての「義務」ということばでは言い尽くせない、もっと切迫したものを感じていました。逃れられない、必ず果たさねばならない「使命」です。

仕事もできず、妻としての立場もあやふやな中では、その使命を果たすことが私のすがる唯一の生きる道で、使命を果たせばピョンちゃんとずっと一緒にいられます。一方で、私が使命を果たせなくなったら一蓮托生の私たちに残された道は一つしかない。ぼんやりと、そう思っていました。だから私は、ピョンちゃんは夫との子ではなく「私のもの」としての意識を強く抱いていました。

不安が依存につながっている期間は、ただひたすら痛々しいだけで、ピョンちゃんしか見えない生活でした。この不安を前向きな力に変えて進んでいこう、と転換できるまでにはもっと時間が必要でした。それにはピョンちゃんが私のものではない、尊厳をもった「個」であると私自身が自覚し、認めなければいけなかったのです。

ピョンちゃんは私のものじゃない

私は、大学の卒業論文のテーマが「心中」でした。近松門左衛門の心中物を取り上げたかったのですが、担当教授から「心中全般について研究するように」と言われ、自死の歴史だの、親子心中だの、穏やかならぬ本を勉強机にたくさん積みながらワープロを打つ私を見て、家族は「大丈夫かな」と遠巻きに心配していたようです。「心中」というと美化されやすいですが、外国にはそういうことばがなくて、殺人と自殺にあたります。

この時、『母よ！殺すな』（横塚晃一著　生活書院刊）を図書館から借りてきて読みました。重い障がいのある子と無理心中をするという、近代での心中はそんな例が多いのです。私も、障がいがある子なら仕方ない、心中を選ぶ母親を擁護するのは当然と思っていました。けれど、『母よ！殺すな』では、生き残った母親に「刑罰を」というのです。

当時大学生だった私の中では、ストンと落ちない、なぜそうなるのか理解ができずにいました。

ずいぶん時間はかかりましたが、ピョンちゃんと十七年暮らしてきた今ならはっきり言えます。ピョンちゃんは私のものではない、人格をもった「個」であり、その尊厳は守られるべきだと。どんなに子育てが辛くても、子を殺してはだめだと。自分も後追い自殺するのだからいいのだという理論は成り立ちません。ピョンちゃんは辛く苦しい時を数えきれないほど体験していますが、自死を選ぶことはできません。数えきれない苦しみの一方で、数えるほどしかない楽しい時を精一杯生きています。いや、些細なことでも精一杯楽しんでいます。

それがわかった時、私は依存から解き放たれました。生きていく目的が、力が、ピョンちゃんのみに注がれることなく、固まっていた方位磁針の矢印がやっと動き出したのです。

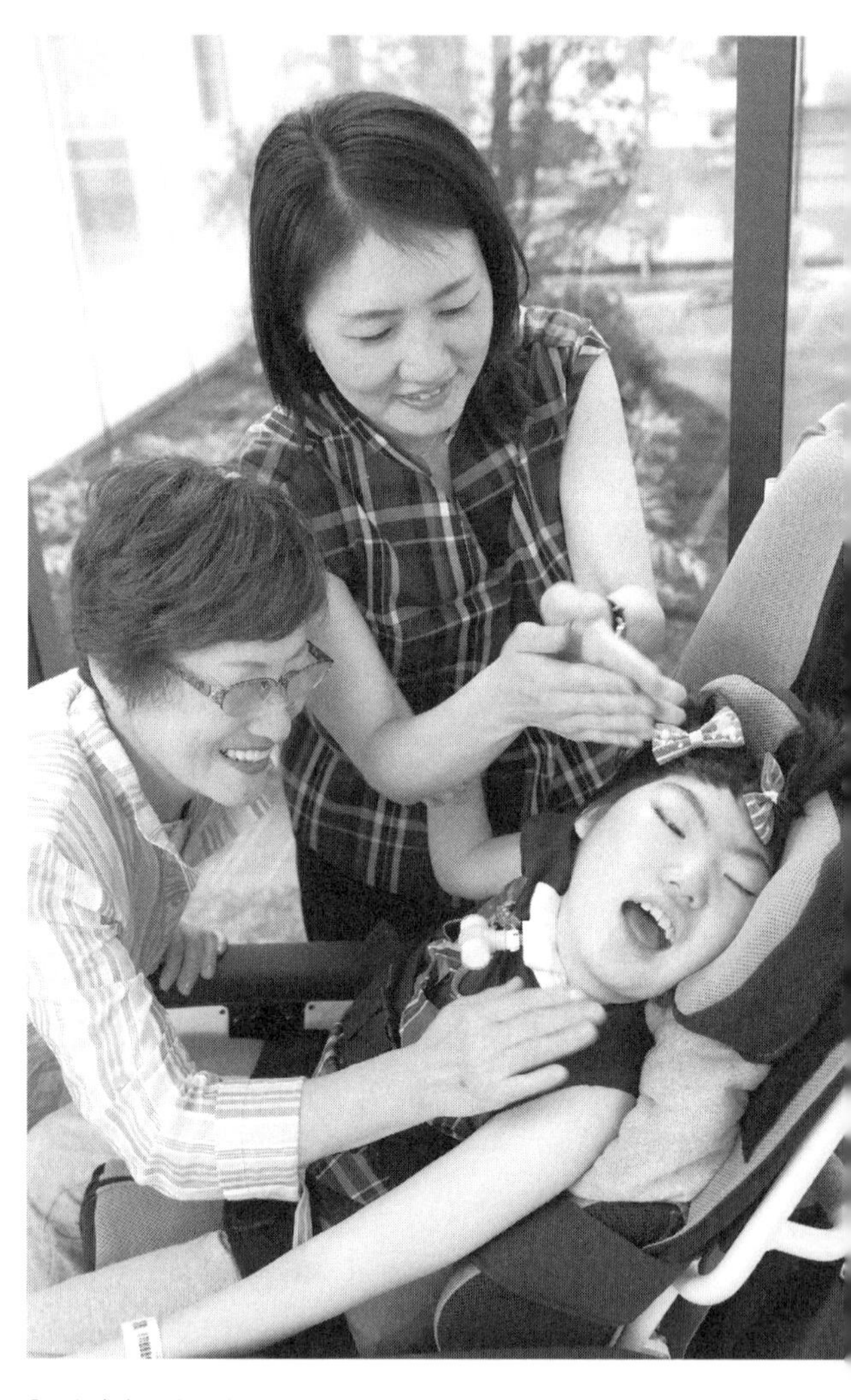

「国立成育医療研究センターもみじの家」（医療型ショートステイ）で、母と私とピョンちゃんの三世代で写真を撮っていただきました。私とピョンちゃんは、GUのお揃いのシャツで。

撮影：安田一貴

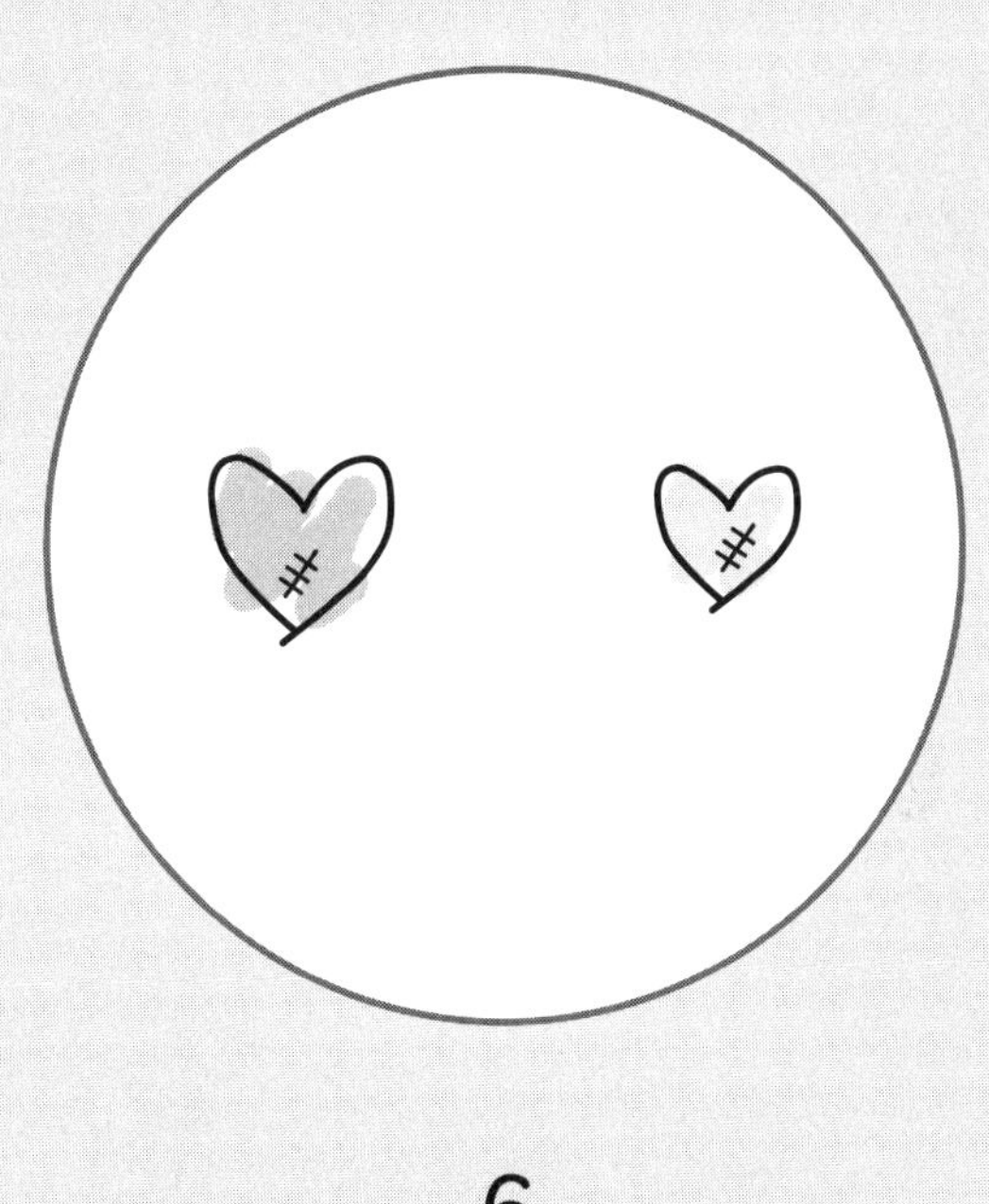

6章　二人とも大手術

さらに超・重症児に

気管切開を迫られる

離婚した年、ピョンちゃんは小学六年生でした。この年、ピョンちゃんは九月までの前期で二十七日間しか学校に通えませんでした。後期は、出席日数ゼロ。呼吸状態が悪

く、重症肺炎を起こしてＩＣＵに入ってからは、医師から気管切開の決断を迫られました。退院前に面談室に呼ばれ、そこで主治医からとつとつと、この先手術が必要なことを説明されました。それも、「なるべく早く」にです。

ピョンちゃんは、基礎疾患がなく、つまり何の病気でもなく、生まれたあとに原因不明で脳に酸素がいかなくなった時間があり、脳性麻痺になったのですが、もともと呼吸状態はとても良い子でした。気管切開をするのは、進行性の難病などで呼吸状態が悪くなる場合だと思っていたので、私には想定外でした。気管切開をすると、医療的ケアの難易度がずっと高くなりますが、それすらも想像できませんでした。

喉に穴を開ける、簡単に言うとそれだけの手術ですが、そこに「カニューレ」という器具をはめ込み、定期的に取り換えることになります。カニューレは、首輪のようなバンドで止め、痰の吸引はその器具の中にチューブを入れて行うことになります。カニューレが外れてしまった時の対応もしなければいけません。実際にケアをしたことのない方には、この説明だけではどんなことをするか、やはり想像できないと思います。

気管切開をすることには、大きな決断が必要です。術式はいくつかありますが、ピョンちゃんの体調を良くするために行う術式だと、一度喉に穴を開けたら元に戻せないので、一生気管切開のままでケアを行い続けることになります。毎日のケアだけでなく、学校や通所施設での負担も大きくなるので、ますます医療的ケアの引継ぎも長くかかり、親も離れにくくなります。日常生活全般が困難になるのです。デメリットを知ったうえで覚悟しないといけないため、決断するのには時間が必要です。

しかし私は、ピョンちゃんが重症肺炎を起こして入院している時に、夜中に呼吸状態が悪くなり苦しむピョンちゃんの上に夜勤の医師たちが馬乗りになって、必死に処置をしていた場面を忘れることができませんでした。私は、傍らで手を合わせて祈ることしかできず、息をすることすら苦しかったのです。私にとって気管切開は、命拾いしたピョンちゃんが生きるためには早急に決断しないといけない選択でした。

娘の可愛い声が聞けなくなる

ピョンちゃんは、気管切開を「喉頭(こうとう)気管分離術」で行うことになりました。この術式のメリットは、誤嚥を起こさなくなる点です。気管と食道を分離するので、喉に開けた穴は気管とその先の肺に直接つながります。口から食べたものは食道を通して直接胃にしかいかないので誤嚥性肺炎を起こしにくくなります。デメリットは、声が出なくなってしまうことでした。一般的な気管切開では声を出せることはありますが、「喉頭気管分離術」では声は出せなくなるので、ここでも覚悟が必要でした。

ピョンちゃんはたまに、「あうー」「はあー」など可愛い声を出していましたが、命を守るためには受け入れなければと自分に言い聞かせました。ビデオカメラにピョンちゃんの可愛らしい声が録音してあったので、時々聞けるからいいや、と思いましたが、術後は切なくなるので一度も聞こうという気にはなりませんでした。今でも、です。

術後は、人工呼吸器も日常的に使っていくと聞き、「超・重症児」になるピョンちゃんのケアができるのか、そちらのほうが心配でした。

プレッシャーの中で

ピョンちゃんは、小学六年生の三月三日に気管切開の手術を受けました。術後ＩＣＵに入る予定だったのですが、すぐに病室に戻ってきて、「こんなに安定している子は珍しい」と言われました。麻酔からすぐに醒めたピョンちゃんは左を向いたまま、目をぱちぱちさせていました。時々「あうあう」と口を動かしますが、声は出せません。

私は、気管切開の吸引所作と清潔ケアを病棟の看護師さんから習い、毎日練習しました。呼吸はとても安定していて、その後別の病院で人工呼吸器を調整し、退院しました。

退院した日に訪問看護師さんが三名、家に来てくれました。「ピョンちゃんママは、休んでいて」、そう言って三人の頼もしい女性たちは、人工呼吸器の置き場を設定し、気管切開用の吸引道具などを揃え、夜間ケアがしやすいように私のセミダブルのベッドを動かし、おもむろに本棚から本を出すと隣の部屋に移動させて本をきれいに並べ直し、仮の棚に気管切開の処置で必要な物品をしまうと、ものすごいスピードで去っていきました。「何かあったら、連絡してね！」、そう言い残して。

退院した当日に、すぐにケアができる体制にしていただけたのは本当に助かりました。何をどうしたらいいのか、今夜から一人、気管切開の吸引、人工呼吸器の対応、長期入院の付き添いで、私は心身ともに疲れ果てていたからです。

痰を吸引する時に使用するカテーテル（チューブ）は、天井からの吊戸棚の扉に針金ハンガーを取り付け、そこにぶら下げられました。自分のベッドの上に座り、ぶらんと垂れている吸引カテーテルを見上げながら、私は何も考えられず、感じられず、プレッシャーに押しつぶされそうになりながら、途方に暮れていました。

私は「ウーマン」になる

Good Bye

月経

ピョンちゃんが気管切開手術をした年、私も手術をすることになりました。日帰り手術はしたことがあったけれど、全身麻酔の本格的な手術・入院ははじめてです。

子宮全摘の手術でした。

私の初潮が来たのは、中学二年生の時でした。音楽の試験でクラス全員の前で歌を歌わなければいけなかった時に、緊張しすぎてお腹が痛くなりトイレに行ったら始まっていました。保健室に行っていたので、ありがたいことに音楽の試験は免れましたが、成長が早かったわりには遅い初潮でした。

その後、月経は不定期で、重く、出血量が多い憂鬱なものでした。ピョンちゃんも同じくらいの時期に初潮がきましたが、不定期で月経量も多く、遺伝してしまったようです。

ピョンちゃんを出産後、すぐに月経は再開しました。また憂鬱な日々が、毎月十日くらい続くという日常が戻ってきました。

ある日、療育センターにピョンちゃんと一緒に行っていた時のことです。私がピョンちゃんの個人訓練の前にトイレに行って戻って来たあと、三十分も経たずにどろっとした感触を感じ、「あっ」と思う間もなく、ジーンズから染み出した大量の血が訓練室のマットレスに流れてきました。先生方がびっくりして、ジャージのズボンを持ってきて差し出し、「ジーパン洗ってあげるから着替えておいで」と言い、私は恥ずかしいのと汚してしまったことが申しわけなくて、逃げるように急いで着替えをしに二階の小部屋に行ったのです。

ピョンちゃんが生まれてから寝不足や付き添い入院などで、生活が乱れていたためか月経はさらに重くなり、自分でもまずいな、と思ったので婦人科に通うことにしました。漢方を処方され、月の半分以上、止血の薬を服用していましたが、ある時、病院の待合室で大量出血してしまい、他の患者さんが血相を変えて「流産だ！」と、勘違いをして先生を呼びに行ったこともありました。

医師からは、早く手術したほうがいいと言われていたのですが、決断がつかず、単なる子宮筋腫だから薬で保てるなら閉経まで我慢しようと思っていました。血液検査ではいつも貧血で、「血液の貯金がないから、本当にいつかどこかで倒れ、そのまま救急車で運ばれて気づいたら手術が終わっていて子宮がなかった、ということにもなりかねないですよ」と言われ、あと十年は閉経しそうにないので、決心することにしたのです。

さようなら「子宮」

「子宮全摘」。このことばは、とても重いものでした。もうこの子宮は使わないものだったし、長年月経で苦しんできたのだから未練はないはずなのに、子宮を失うことは女性でなくなってしまうようで、踏んぎりは最後までつきませんでした。

ピョンちゃんの体調が悪いとか、預け先がないからとか、たくさん言いわけができるのをいいことに、紹介された大学病院の先生と手術日を決める段階でもまだ迷っていました。黙っていれば、子宮のあるなしなんて、誰にもわからないのにです。

「自分は女性である」ということを普段はあまり気にせず、女性とか男性とか、能力も考えも性別でこだわることはなかったはずでしたが、子宮は女の象徴に思え、それを失うのは不自然で、女性というカテゴリーから外れるような気がして怖かったのです。

「手術をしよう」と決まったのは、ピョンちゃんが気管切開の手術をして退院した翌月の五月。決まってからは、私の入院中にピョンちゃんを預ける施設探しに奔走しました。手術は、十一月。十六カ所の施設や病院にあたったのですが、初診まで数カ月、中には数年かかる場合もあり、しかも、初診後に「お試し」を何回かしなくてはならず、確実に入所できる場所が見つかりません。当時は、人工呼吸器の使用もネックになりました。

また、私が一人親なので、万が一何かあった時に引き取れなくなってしまうことも懸念されました。結局私の手術の日を待たずしてピョンちゃんの体調が悪くなり、入院。私は付き添い生活をしながら、同じ病院でＭＲＩなどの術前検査を行えたので、ある意味便利ではありました。

一人で行く手術室

さて、いよいよ私の入院の日がやってきました。翌日には手術をして一週間後には退院、九日間の入院生活の予定でした。

先に入院していたピョンちゃんと同じ病院で手術することになったので、入院当日は小児科と自分の病棟を往復しながら、夕食を心待ちにする余裕もありました。十四年間もピョンちゃんの付き添いで入院をしている病院なのに、病院食を食べるのははじめて。見た目は地味だったけれど、お出汁の味がきいていて美味しく全部平らげたものの、その夜下剤を飲まされ、すべて出しきってしまいました。

翌日、朝九時前には看護師さんが迎えに来て、手術室まで歩いて行きました。待合室で待機していると、声をかけてきた女性医師がいました。紙のヘアキャップにマスク姿で誰だか全くわからなかったのですが、前月に入院した時に小児科でピョンちゃんに誕生日の歌を歌ってくれた研修医の先生で、私の手術を見学すると言うのです。私は、今にも逃げ出したくなりそうなくらい緊張していたので、知っている先生にお会いしピョンちゃんの様子を話すうちに、覚悟が決まりました。ピョンちゃんは、いつも一人で手術室に入って行くのです。

私の子宮はきれいだった

手術はあっという間に終わりました。一番痛かったのは、硬膜外麻酔といって痛み止めの麻酔を持続的に流すための針を背中に刺された時でした。その後、口に酸素マスクを当てられると、シャッターがガシャンと落ちるように意識がなくなり、「はい、目を覚ましてください」という声で目覚めたら、すでに手術は終わっていました。

全身麻酔をかけられている間は、「おでんくらぶ」の夢を見ていました。子どもたちを囲んで、職員さんがいつものように話しかけ笑っています。とても幸せな気分で、夢を見ながらずっとこの状態が続けばいいと思っていたのに、目が覚めたら導尿や点滴、足につけたマッサージ器などで不快感いっぱいでした。マッサージ器は、エコノミークラス症候群防止のためです。

やがて全身がひどく震えてきて、歯の根も合わなくなり、酸素を大量に流されながら病室に戻りました。「これだけ酸素を吸うと、二酸化炭素が溜まりますよね」とガタガタ震える声で言いながら酸素マスクをずらすと、即座に看護師さんに直されてしまいました。

当日は、高熱が出て気持ち悪さと身動きが取れない不自由さと、じっとしていることの苦痛で、地獄の責め苦のようでした。眠ることができず、三時間くらい経ったと思い時計を見たら十分も経っていないのです。身体を起こしてはいけないのですが、左右に向くのは積極的にしていいと言われました。しかし、たくさんの体につながれた管が邪魔をして思うように動かせません。幸いなことに、不思議と痛みはなく、三日後に硬膜外麻酔を抜いてからも痛くて苦しむことはありませんでした。

手術後、母が携帯で撮った写真を見ると、私の子宮は鮮やかな赤色で、母は「とってもきれいだったわよ」と感想を伝えてきました。見学していた研修医の先生からも、「手術はとてもスムーズで、子宮はきれいだった」と言われました。

子宮は、手のひら大の大きさで、背中側にせり出すくらい大きな筋腫と無数の小さな筋腫で膨れ上がっていたのですが、「きれい」と形容するのを聞いて、取り出して良かったなと思ったのです。

親の庇護のもとにいた学生時代、私の人生は順調だと思えました。アスファルトのまっすぐな道はいつも先が見え、次の目標もはっきりしていました。でも、社会人になって、自分の思い通りの道が歩みづらくなりました。仕事も結婚も出産も子育ても、体調までも、予想を超えた出来事が起きて、気持ちも身体も本音ではボロボロだったのです。ボロボロだと思っていた子宮をきれいと言われたのは、救いでした。私はボロボロではなかった。これからリスタートできる、そんな希望を「きれい」の一言がもたらしてくれました。

術後の生活

その時、ピョンちゃんは……

ずっと寝ていなくてはいけない状態をほんの一日体験してみて、ピョンちゃんは毎日どんな思いをしているのだろうかと、考えるようになりました。術後一日は寝たきりで

したが、翌日には歩く練習を始めました。歩けたら導尿の管を抜いてくれるというので、まだフラフラして点滴棒につかまりながらやっと立てる程度でしたが、「意地でも歩くのだ」と病棟の廊下を歩いてみせ、見事導尿の管が抜け、自分でトイレに行っていいことになりました。

ピョンちゃんは、歩けません。重力を感じて自由に動くことができません。寝返りもうてません。数日間の入院で、首と腰が痛くなり湿布を貼っていた私にとって、ピョンちゃんと同じ状況になることは想像を超えていました。

ピョンちゃんは、はじめて私と離れて、約一カ月間、一人で入院しました。

看護師さんからは、「朝から笑っています」と言われることが多かったです。自分から声を発することができなくなり、彼女の嬉しい気持ち、感謝の気持ち、何より「こちらを向いて！」というアピールの気持ちが、とびきりの笑顔表現になっていたのかもしれません。

私は、隣の病棟なので簡単に会いに行かれると思っていたのですが、少し歩いただけでもしんどくて、退院直前まで会いに行くことはできませんでした。

しかし、ようやく私が会いに行っても、ピョンちゃんは喜ぶ様子はありませんでした。女子中学生になった彼女の親離れは、確実に進んでいるのだと実感しました。

そして、この入院をきっかけに、「彼女は私の付属物ではない」と、はじめて理解しました。親である私は、ピョンちゃんのすべてを取り仕切っていますが、彼女の気持ちまで支配してはいけないと、当然のことなのに、離れる時間をもってみて気づいたのです。

また、私もピョンちゃんの親であると同時に、一人の女性、個人です。自分の人生のことも考えないといけない。老いていく私は、やがてピョンちゃんのケアや判断ができなくなっていきます。「その時」までに、「お互いが自立していなければ」と、具体的に考え始めました。

入院するということは

わが家は、主たる介護者が私だけなので、私の退院後の生活が不安でした。事前準備として、手術が決まった五月から手術日の十一月の半年間でヘルパーさんに医療的ケアを覚えてもらい、私が手出しをしないでもピョンちゃんの日常ケアを実施できるようにしました。

「退院後一週間はできるだけ安静に」ということで、ピョンちゃんの退院も一週間延ばしてもらいました。

お腹を大きく切って手術をしたので、排便がうまくできず、また傷も膿みだし、半年以上は辛い日々が続きました。夜間、ピョンちゃんの吸引や体位交換もしなくてはなりません。人工呼吸器はなぜかしょっちゅうアラームが鳴るし、夜間呼吸も下がってパルスオキシメーター（皮膚を通して動脈血酸素飽和度と脈拍数を測定する装置）も鳴ります。

事業所での仕事も溜まっていたので、下腹を抱えながら毎日仕事に行っていました。そんな毎日を送っていたら、お腹が猛烈に痛くなって脂汗が出て、いつの間にか気を失っていたことが二回ありました。術後の通院では、腸閉塞（ちょうへいそく）だと診断されて薬をもらいましたが、地域の消化器内科では、腸閉塞ではなく、「気味」なのだと丁寧に説明され、適切な薬で徐々に回復していきました。

その間にも、ピョンちゃんは入退院をくり返します。一一九番に電話して「人工呼吸器を使用している」と言うと、なぜか救急車と消防車がセットでやってきます。マンションの前には人山ができ、「どこが火事なのか」と騒然となるので断ったら、「救急隊の人数によっては消防車に乗ってこなくてはいけないのだ」と説明されました。救急車の中で私の体調も悪いことを伝え、「私の救急搬送が必要な時にはどうしたらいいのか」

を相談すると、「救急車を二台呼ぶように」と言われました。それを聞いて安心しましたが、救急車二台と消防車一台がマンションの前に停まっているのを想像すると、近所が大騒ぎになりそうです。

それからです、救急車二台と消防車を呼ばないために、食事だけは一人分でもきちんとつくって食べ、自分の体調管理を心掛けるようになったのは。

「ＳＯＳ」

事業への責務と、ピョンちゃんのこと、生活がいっぺんに変化したことで、しばらくの間、周りが見えずにいたことを今なら反省できます。しかし、この時は余裕がなく、私自身が助けてほしいのに大変な時には声にすらできないでいたのでした。そう、声に出せない、ＳＯＳが出せない時は、本当はぎりぎりのところにいる場合が多いのだと、あとになって気づきました。そういう人の声なき声やサインを見逃さないようにしなければ人の支援はできない、と今は思っています。

ピョンちゃんが二歳の時に、安積遊歩さん（ピア・カウンセリングを日本に紹介したカウンセラー。自身は生まれつき骨が弱い特徴をもつ）の講演会で、ピア・カウンセリングを受けたことがありました。ずいぶんあとになって、「私がほしかった支援はこれだ」と思うようになり、私もピアカウンセラーの講座を受講しました。

しかし、カウンセラーとしての傾聴（けいちょう）はとても難しい。場の設定や、自分を押しつけない練習をしっかりしないとできません。つい、自分の昔語りをしてしまいがちですが、利用できる制度や家庭状況が個々で違うのだから、相手の考えや状況をまるっと受け止めてあげなければいけません。

「障がい児の親は頑張っている」「大変だ」といったマスメディアでの報道が多いのは事実です。それが、社会的認識だとつい私も思ってしまいます。でも、本当は、誰からも強さや頑張りを求められているわけではなく、「こうあらねばというステレオタイプにはまらなくてもいい」と私自身にも、障がいをもったお子さんを育て始めた人にも伝えたいのです。まずは、自分自身を受け止める練習をしていこうと思います。

「ウーマン」として

私の術後、回復までには時間がかかりましたが、貧血がなくなって、びっくりするくらい体調が良くなりました。今まで、急にどきどきしたり、気持ち悪くなったりしていたのを、精神の病だと思い込んでいたのですが、貧血がひどかったのが原因だったようです。

不規則で、いつ、どこで月経が始まるかわからないので、いつもカバンに入れていたナプキンも不要になり、荷物も身軽になりました。卵巣は、左右とも残したので、閉経まで排卵はあり、心配していたホルモンの乱れもありません。しっかりピョンちゃんを出産まで守っていてくれた子宮には感謝して、心残りなく、お別れできました。

ピョンちゃんが生まれてから、私はずっと母としてだけ突っ走ってきました。私がかかわる人たちは、すべてピョンちゃんの関係者のみだからです。誰でもそうでしょうが、子が生まれると、「〇〇ちゃんママ」と認知され、そう呼ばれることが多くなります。自分の下の名前で呼ばれることはほぼなくなり、自分でも名前を忘れてしまいそうです。子が育つと、今度は名字で呼ばれ、「〇〇さんの妻」としての立場で社会と接することもあります。社会で働き続けていれば、どう呼ばれようと自分のアイデンティティを保てそうな気がしますが、そうでなければ、いつも誰かの母、誰かの妻、といったラベルが貼られています。

本当は、私は誰かの所属物ではない女性なのです。女性、男性の性別も他人と接する時にはあまりこだわりはないのですが、それでも何かと言われたら「ウーマンです」、と答えたい。性別（性自認）は、アイデンティティの一つだと思うからです。

私は、自分の女性性について全く無頓着で、妻でもなくなり、子宮を摘出した時に、自分を見失ってしまいそうになりました。自分のアイデンティティを見失っている人がいたら、男性、女性にかかわらず、自分で受け入れて大事にしてほしいなと思います。

私は今でも、これからも、一個の人で、女性で、ピョンちゃんの母です。子宮とはお別れしましたが、失くしても、私は私のままでした。これからは、より元気な「ウーマン」として生きていこう、そう思いました。

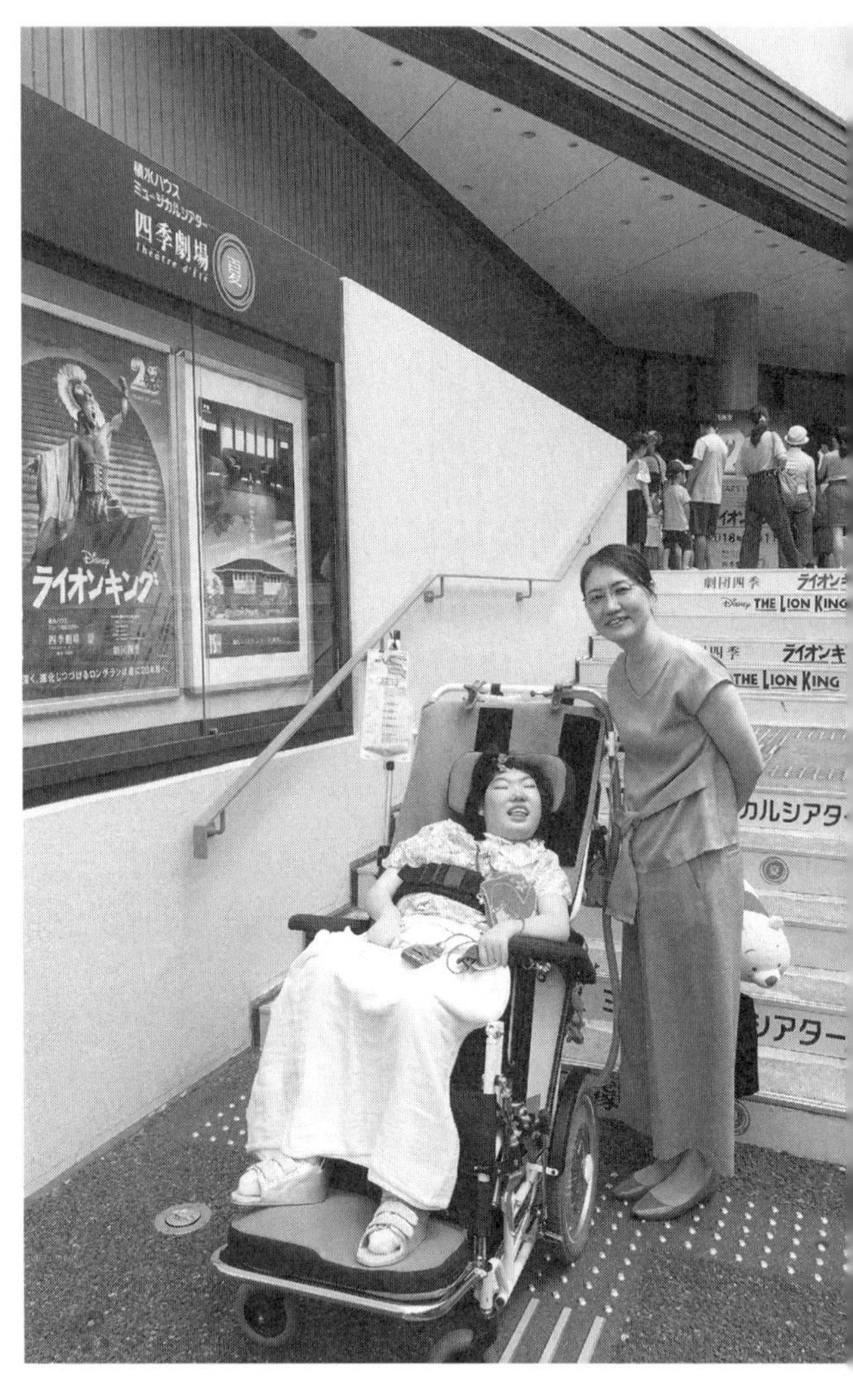

二人とも手術後元気になって、念願の劇団四季のミュージカル
「ライオンキング」を観にいくことができました。

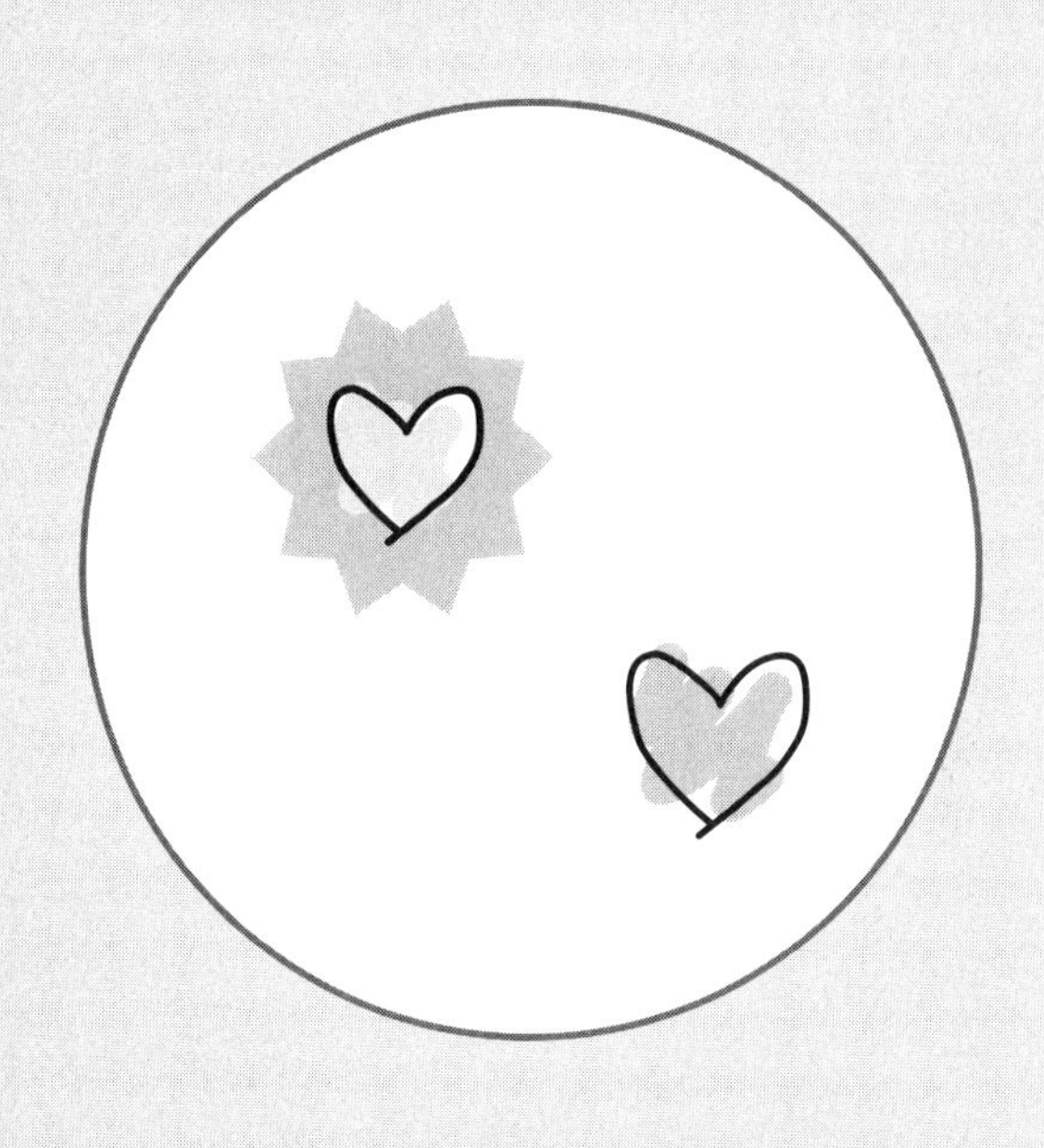

7章 娘の成長

卒　業

卒業式と入学式

ピョンちゃんが気管切開手術の入院中、病院に小学校の校長先生と担任の先生がいらして、卒業式をしてくださることになりました。

当日は、式次第をベッドサイドに貼って、礼に始まり、校長先生のお話し、校歌斉唱、立派な卒業証書の授与と、学校の体育館で実施されたお式そのままの進行をしてくださいました。

その後、中学の入学式も先生方が病院にいらして実施することに。

入学式では、ピョンちゃんは用意していた黒いワンピースに白いボレロを羽織り、髪の毛は両サイドを薄くすくって耳の上で二つ結びをし、神妙な顔で先生方のほうを見つめていました。新入学生呼称で名前を呼ばれると、大きく口を開け、くす玉を割る時には、しっかり紐を握って引っ張りました。「あ、ピョンちゃん、この状況を、今自分が何をすべきかをわかっている」。そう思えました。

でも、首に開けた穴にはめてある「カニューレ」の管を通して、「シュンシュン」と息の漏れる音を聞くと、もう声が聞こえないのだなと、ほんの少し寂しくなりました。人魚姫は、人間の女の子になるために声を失ってしまったけれど、ピョンちゃんも元気になって毎日を楽しく、嵐の歌（ピョンちゃんは嵐の大野君が大好きなのです）をもっとたくさん聞いて過ごせるように手術をして声を失った、と考えることにしました。

特別支援学校中学部「訪問籍」に

特別支援学校の中学部に進学したピョンちゃんですが、春からは、学校の先生がお家に来て授業をする「訪問籍」になりました。今まで、通学していた時には訪問籍はできるだけ選択したくないと思っていました。なぜなら、学校は集団で過ごす貴重な場で、通学生でないと意味がないと考えていたからです。

しかし、私はピョンちゃんの身体に負担をかけないようにと、気管切開の手術前から訪問籍に決めていました。前年ＩＣＵに入院し、生死のはざまをさまよったことで、まずは体調を整えて生活することが第一、と思うようになったのです。

退院してすぐに訪問籍の授業が始まり、週三回、二人の先生が交代で来ることになりました。一回の授業は、二時間。はじめの一時間で配布物や提出物の交換、ピョンちゃんの様子を話したり、身体をゆるめる体操をします。残りの一時間で、図工や音楽などの授業を受けます。

中学生になってからは、先生の手助けはほとんどなく、自主的に手を動かすまで時間をたっぷりかけて待つことが増えました。また、英語の歌や挨拶も導入され、中学生としての自覚をこちらも実感させられるようになりました。あっという間の二時間です。

訪問籍では、個別指導に特化した授業が受けられるので大変充実しています。視覚が弱いピョンちゃんでも視線が向かうように、黒い板の上で対象物にペンライトをあてるなどの工夫をしてくれるし、本人の体調に合わせて授業内容も変えてくれます。

ピョンちゃんが訪問籍になって、実は私が一番喜んでいます。付き添いをしながら学校の中でずっと軟禁状態でいるよりは、自宅にいて看護師さんやヘルパーさんのいる間にちょこちょこ買い物や用足しに出かけられるほうが、生活が回るからです。私は、とても楽になりました。訪問籍では、体調が良ければ遠足や運動会に通学で参加もできますし、訪問籍の曜日や時間の範囲でなら、学校に通学して授業を受けることも可能です。ピョンちゃんは、学校に行くと口を大きく開け、目が三日月形になるギャグ漫画でしか見たことのない笑顔を見せ、吸引も頻回になります。小学六年生まで通学していたので、彼女は学校が大好きなのです。できることなら、行かせてあげたい。

「でも、しょうがないよ」。

私は、このことばでいつもピョンちゃんに、自分に、言い聞かせてきました。てんかん発作も薬ですべて抑制されていない、気管切開して人工呼吸器も使っている、吸引も頻回。ただでさえ「取扱注意」なのだから、事故があったら、急変したら、親以外に責任を負わせることは社会的に許されざること……と思いつつ、本当はそういう社会を変えたいと望みながらも、「しょうがない」で片付けていました。

義務教育なのに、公立なのに、学校に通うのに福祉タクシーを頼んで連れていかなければいけないのも、週三回の二時間授業でありがたいって思っているのも、よく考えたら不思議なことです。ピョンちゃんの年齢や体調を考えると、わが家は現状維持でいいとも思います。でも、未来の子どもたちは、どんなに重い障がいがあっても体調が安定していれば、学ぶ機会やお友だちとの交流の時間が平等にもてるようになってほしい。自分がピョンちゃんに与えられなかったぶん、そう願っています。

大決心

二〇一八年春、ピョンちゃんと私は大決心をしました。小児科を卒業することにしたのです。

もともとピョンちゃんは、今と違う病院のＮＩＣＵにいて、そのままその病院の小児科に移行していました。しかし、ウエスト症候群（難治性のてんかん。点頭てんかんとも言う）を発症してから薬の調整がうまくいかず、てんかん専門医のいる病院に転院。それから十四年間、三十回以上に及ぶ入退院や手術を今の病院で行ってきました。

心配性だった私は、今の病院でいつもピョンちゃんと一緒に寝泊りしていたので、医師や看護師さんだけでなく、病院のヘルパーさん、相談支援員さん、貸布団のおじさんや売店のおじさん、おばさん、事務員さんまですっかり顔見知りとなり、郵便物の転送やオムツの宅配も病室宛てにしていて、まるで自宅のように過ごしていました。

ピョンちゃんの体調を心配しながら家で悶々と過ごしていると、ぜったいに入院したくないと思うのに、いざ救急外来に行って入院を告げられると、心底ほっとしたものです。入院すると、いつも担当以外の先生や看護師さんたちが、「ピョンちゃんが入院したって聞いたよ」と病室に顔を見せにきてくれます。病室は、もう一つの「わが家」となっていました。

それだけに、建物も人もなじみの病院を離れることはとても怖く、勇気のいることでした。けれど、いつかは小児科から卒業しなければなりません。移行できるすべての条件がそろったのを機に、決心することにしました。

変わってきた小児科

ピョンちゃんが生後五カ月でこの病院の小児科に転院した時、小児科には、呼吸器をつけた子が何年も入院していました。その病室は「呼吸器部屋」と呼ばれ、学校の先生が授業に訪れると楽しそうなギターの演奏が流れてきて、日常の生活がそこにはありました。子どものてんかん発作や障がいに悩む保護者同士、同じ病室で話しをしたり看護師さんからアドバイスをいただいたりして、のんびりした雰囲気でした。

この病院の小児科には、三十代の女性も入院していて、ピョンちゃんはここでこのまま一生面倒をみてもらえるのだな、とそのころは思っていました。

ここ数年、入院していて感じたのは、より障がいが重く、人工呼吸器などの医療機器をたくさん使っているお子さんが多くなったということです。

ピョンちゃんが小さいころは、胃ろうや吸引をしているだけで「すごく大変だね」と言われていました。しかし今は、注入や吸引など単発的な医療的ケアではなく、人工呼吸器や持続吸引、持続注入や中心静脈栄養など、常時絶え間なくケアが必要なお子さんが増えています。しかも、ＮＩＣＵから退院してはじめて在宅生活になる時に、すでに専門的知識を要するケアが必要となっているのです。在宅に移行するために家族に求められる技術や知識が、より高くなっています。

ピョンちゃんも成長するにつれて医療的ケアが増え、心配事は絶えないのですが、私も十四年間それなりに学び、母親としての経験は積んできたつもりです。ＮＩＣＵから小児科に移行してくる重度障がいのお子さんや、憔悴しきっているご家族を見るたびに、

「いつまでも小児科に居続けていいのだろうか?」と考えるようになりました。

それに、主治医や顔なじみの看護師さんたちも永遠にいるわけではありません。最近の傾向では、増え続ける重症患者に対応するため、「一生小児科」神話がなくなってきていて、十八歳を過ぎると、成人の科に移行するよう促されることも多くなりました。

「卒業の準備をしよう」と決断して、早速受け入れてくれる病院を探すことにしました。

小児科を卒業

ピョンちゃんは、成長して外出が大変になってきたので訪問医を主治医とし、眼科や耳鼻科などは地域のお医者さんに診てもらうようにしました。また、一番心配していた入院先も、地域の総合病院の神経内科で受けていただけることになりました。

ここで問題になったのが、てんかんの治療についてでした。てんかん薬の調整や選択は、「専門医でなくては難しい」と言うのです。今までは専門家ばかりいる病院にかかっていたので、医師なら風邪薬を処方するくらい簡単にできることだと思い込んでいました。大人の科だと、てんかんは精神科か神経内科になるそうですが、すべての医師がてんかんの専門医というわけではなさそうです。あちらこちらで相談したところ、一歳から通っている療育センターの医師が引き受けてくださることになりました。

小児科卒業の一番の決め手になったのは、入院先が決まって、主治医を訪問医に移行できたことでした。入院が頻回だったために、どうしても主治医と入院先が同じでないとならず、そこが小児科卒業の妨げになっていました。

主治医を訪問医にできたのは、体調が安定して入院をしないようになったからです。あんなに入院ばかりしていたのに、気管切開をして人工呼吸器を積極的に日中も使い始め、しっかり吸入し、痰が出せるようになってからは、ぴたりと高熱を出すことはなくなりました。入院受け入れ先は決まったものの、その後一回もお世話になっていません。

日常的に入院の機会があったほうが病院側も慣れてくださるのでかえって安心かな、とすら思ってしまうくらいです。

訪問医に切り替えてからは、通院しなくて済むようになり、とても楽になりました。通院の時間を捻出し仕事を調整し、福祉タクシーを頼み、ヘルパーさんを調整し、さらに通院が何時に終わるかは混み具合次第。会計にも時間がかかります。ピョンちゃんは身体が大きくなり、移動するのも一苦労ですし、医療機器を持って行くのも大変です。今では、自宅で気管切開の穴につけたカニューレや、胃ろうの交換、採血もできます。予防接種も、です。

十四歳と、まだしばらくは小児科で診てもらえる年齢でしたが、入院先、訪問医、専門医、それぞれ「受け入れてもいいよ」と言っていただけて、ちょうど体調も安定しつつあった二〇一八年の春、小児科を卒業したのでした。

ステップアップ

視線入力装置

中学生になり、ピョンちゃんの「視覚」に大きな発見がありました。

私たちは、約八〇パーセントの情報を視覚から得ていると言われています。ピョンち

ゃんは、二歳までに二回、ＶＥＰという視覚の脳波検査を受けましたが、いずれも視覚をつかさどる後頭葉からの波形がほとんどない状態でした。そもそも、脳とつながる視神経が死んでいると言われていたので、脳に情報は伝わっていないのです。しばらくして、障がい児専門の眼科医に診ていただきましたが、同じ見解でした。ただし、光は感じているというので「視覚一級」と診断され、手帳を書き換えました。

だから、というわけではありませんが、私は、ピョンちゃんは目が見えない前提で、今まで接してきました。絵本を読む時は、絵は読み手側に向けて読み聞かせし、家では一日中音楽を流してきました。聞くことと食べることが、彼女の楽しみだと思っていたのです。

中学生になり、落ち着いて家で過ごせる日々が多くなってきたころ、偶然「視線入力装置」を試す機会がありました。この装置は、角膜を赤外線で感知して動きを捉え、マウスを動かしたり左クリックするように視線でポインターを動かせるものです。

パソコンにＵＳＢで取りつけられる棒状の装置はゲーム用につくられていて、値段も二万円以下と手軽にネット通販で買えるようになっていました。また、ゲーム用ではなく、専用ソフトの入った福祉用の視線入力機器は、すでに多くの障がいをもった人たちが意思伝達装置として活用しています。

眼球が動いたからといって、見えているとは言えないかもしれません。しかし、この時試した限りでは、確かに見て視線を動かしている、そう実感し、はじめて「見せること」に私は興味をもったのです。その後、道具を揃え、訪問訓練士さんが週二日来るのに合わせ、訓練の時にソフトや使い方の検証をしていくことにしました。

ピョンちゃんは見ていた!?

こうして始まった新しいコミュニケーション装置の練習は、風船割りゲームを何度も行うことから始めました。ゲームアプリの写真を、ピョンちゃんの好きなもの、嵐の大野君やセイウチ（水族館に行った時、ピョンちゃんはなぜかセイウチに釘付けで、それ以来大好きなのです）、ケーキやアイス、ピョンちゃんの写真に変えてもみました。風船割りゲームは、視線の軌跡が出るので、どのくらいの範囲で視線を動かしているのか動きが偶然か意図的かがよくわかります。

この装置を使ってわかったのは、ピョンちゃんは「見たいものを、見ていた」ということでした。

的を注視すると画が落ちる射的ゲームでは、ピョンちゃんの大好きなもの、大野君、セイウチ、ケーキと撃ち落とし、ＯＴ（作業療法士）さんと私が、「次はアイスよ」「いや、大野君でしょ」と、左右から指を指して声かけすると、「どっちを見たらいいの？」とばかりに視線が右往左往します。風船割りゲームでは、時々飛行機が出てくるとほぼ全部に大砲を当てます。

一人遊びができていいなあと思っていたのですが、放っておくと飽きてしまうらしく、側で褒めそやすと俄然やる気に。応援団も必要なようです。こうして、ゲームを通してコミュニケーションが成立しています。

形や色、物の名前など、認識が正確にできているかは断言できませんが、少なくとも好きなものの名前と画は一致しているような気がします。ということは、実はピョンちゃんは見ていた、のです。

今原稿を書いている間も、気づけばピョンちゃんの視線を感じています。振り向くと、つまらなそうにして私を見ていました。「向いている」のと「見ている」のでは大違いです。

意思を伝えられたら、彼女の世界はずっと広く大きくなるでしょう。いつの日か、インターネットで勝手に買い物をする日が来るかもしれません。視線入力装置はマウスの代わりに使えるので可能なのです。私のクレジットカードを使われないようにと心配するのも、なんだか楽しくなります。

「第四の発達」

ピョンちゃんの知的年齢は、生後数カ月程度と言われています。言われたのは、生まれて間もない時で、脳の損傷をみるとそれ以上の発達は見込めないようでしたが、ことばが話せないので正直よくわかりません。人の成長には段階があって、舐めたり触ったり、泣いたり笑ったり怒ったり、ということをしながら自己認識し、空間を認知し、他者と交わり、ことばや社会性を獲得していきます。

けれどピョンちゃんは、視覚からの情報がおそらく最近まではほとんどなく、右手で左手を自分で触ることもなく、舐めることもなく、空間の理解も自分の存在の認識すらもできないまま成長してきました。段階を踏んでいないので、いきなり「階段」を飛び越えて何かを獲得することはありえません。医学的に言うと知的発達はまだ赤ちゃんのままなのです。

でも、思春期になった彼女と接していると、時々普通の思春期の子らしい感情をもっているように思えることがあります。常に受動的であったために普通の子よりずっと少ない経験ですが、確かに月日は流れていたわけで、大人に囲まれた生活で「獲得」していったものはきっとあるはず。それを知的発達と言っていいのか、または精神的な成長と呼ぶべきなのかはわかりません。あるいはもっと別の、知的でも精神でも身体でもない、「第四の発達」なのかもしれません。

もうずいぶん前、ピョンちゃんが二歳くらいの時、たまたま図書館で借りた松尾スズキ氏のエッセー集、『永遠の１０分遅刻』（ロッキング・オン刊）に収録されていた「祈りきれない夜の歌」というラジオドラマ（ＮＨＫ　ＦＭシアター）の脚本に衝撃を受けました。

　この脚本は、重度心身障がい児の十三歳の男の子と家族の物語。男の子は、ことばを話すことも動くこともできない状態ですが、すべてを見聞きし、理解していることがラジオのリスナーにだけ最初からわかっていて、そのことが私たちを落ち着かなくさせ、ざわざわさせます。

　ラジオでは、「あああ」としか発声しない男の子ですが、考えていることはナレーションされています。最後に、「……僕は、世界に、関係がある。僕は、関係あるんだ」と想いをリスナーに伝えてきます。

　最近のピョンちゃんを見ていて、このドラマの脚本を思い出しました。そしてピョンちゃんも社会とつながり、「世界に、関係がある」のだということを、再度深く私の気持ちの中で確かめたのです。

　社会では、生産性のないものには税金を使うなという意見もあります。

子どもを産んで、働いて、たくさん税金を納めることだけが生産性なのでしょうか。人がこの世に存在している限り、必ず誰かとつながり、お金を得て、使って、経済活動をしています。ピョンちゃんの周りでも、常にたくさんの人が働き、労働が生まれているのです。皆、社会と関係があって生きている、それだけでは、認めてもらえないのでしょうか。

「あんたは幸せだって不幸だって、同じリアクションしかできないんだから……あんたは強いよ。ふふ。世界で一番強いかもしれない」と、ラジオドラマの中で男の子の血のつながらない姉は言います。

身体的な強さと、精神的な強さは違います。でも、精神的な強さがあれば、身体的なことは医療で何とかなることが多いと思うのです。ラジオドラマの男の子の精神的な強さ、たくましさを義理の姉は見抜いたのでしょう。

私たちは、ピョンちゃんやこの男の子にくらべ、見た目は充分健康ですが、ちょっとしたことで気持ちが萎え、気持ちの弱さが妨げになることが多くあります。

手術の時、一人で手術室に入って行ったピョンちゃんは、突然ベッド上でのけぞって首をひねり、私のほうを振り向きましたが、泣いたりぐずったりはしませんでした。私はというと、自分の手術前、母親の乾燥した手を握り、もう二度と会えないかもしれないと涙目で手術室に入り、手術台の上でも麻酔が効くまで「今なら中止できる」と何度も逃げ出すことを考えていたのに……。

自分の身に何があっても受け入れていく強さ、環境も体調も、たとえ身体に穴が開いて全く違う食事方法や呼吸方法になっても、それに慣れていく精神力の強さ、そんなものがピョンちゃんにはあると思うのです。逃げ出すことも、拒否する選択肢もない彼女は、受け入れるしかないのですが、普通はとても難しいことです。

ピョンちゃんは強い。強い精神力は、第四の発達の証です。

3 私が私でいるために

不安や恐れを力に変えて

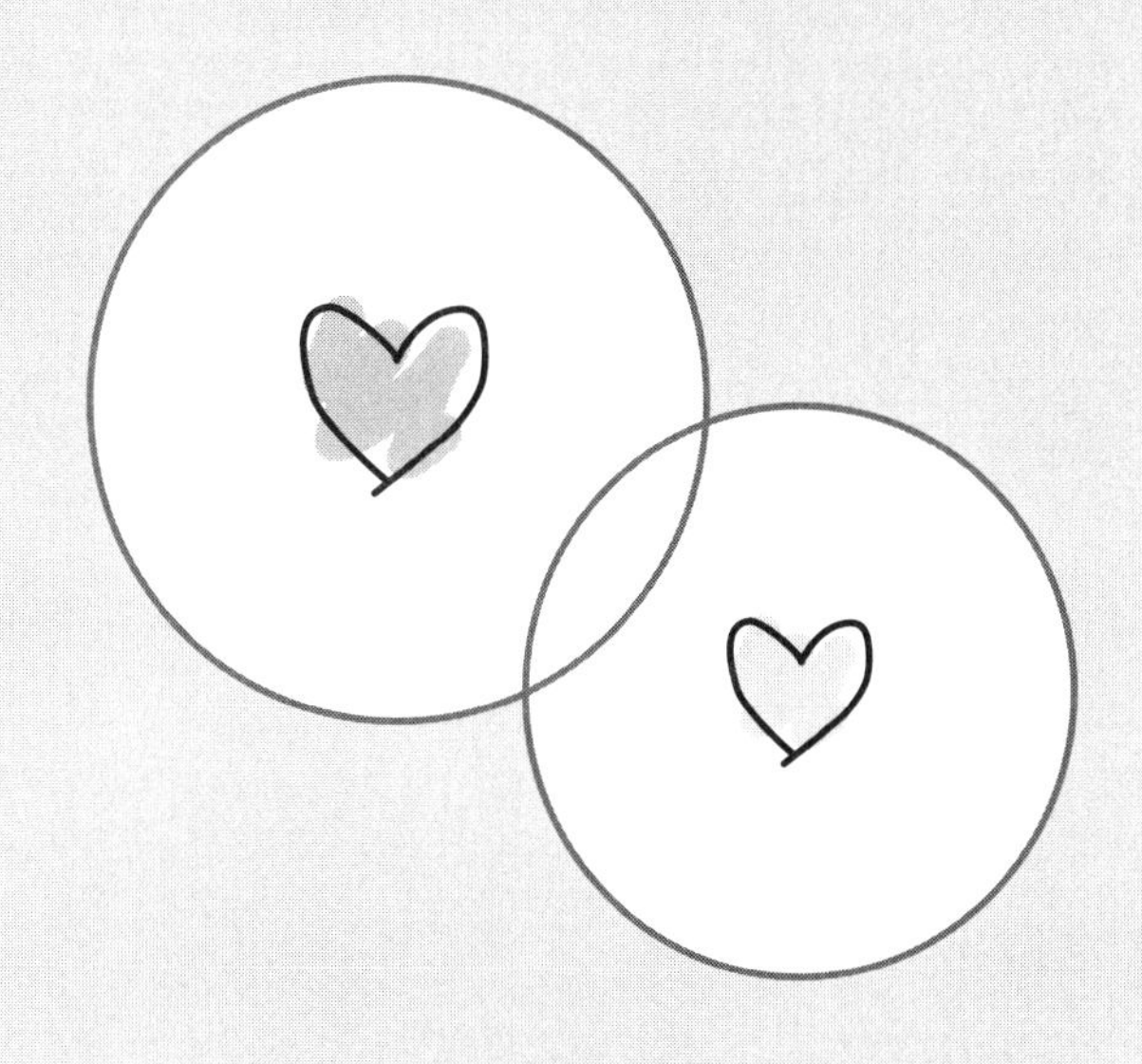

8章 それぞれの自立を目指して

老後はどうなる

トレンド

二人生活になって四年、気管切開して人工呼吸器を使用し始めて三年が経ったころ、ピョンちゃんが重度訪問介護でヘルパーさんに長時間みてもらえることをきっかけに、

私は正社員になりました。

私は、ピョンちゃんを訪問看護師さんやヘルパーさんに任せて、日中、徒歩数分の場所へ仕事に行きます。夜間はヘルパーさんが入らないので、吸引や体位交換などで二〜三時間おきに私がケアをします。

正社員になると、法人の運営を担っているので、会議や研修などで丸一日外出することもあり、ピョンちゃんの定期的なショートステイ（短期入所）利用も必須となりました。もちろん、私の体調維持のためにもです。

「そんなに無理して仕事をしなくても、障がい児の養育手当もあるし、ピョンちゃんのケアは親がすべきなのでは」と言われることもあります。ところが、先日送られてきた年金定期便を見てぞっとしてしまいました。私の将来（老後とも言う）は、働かずに年金だけで暮らそうとすると、月額四万円弱しか収入がありません。

もしも、ピョンちゃんに何かあれば、障がい児の養育手当は即ストップします。保険等の減額や猶予の制度も使えなくなります。支払うものが多くなり、収入のない中では生活はできません。

私のように一人親の場合は、他に稼ぎ手がいないので、すぐに働き口を見つけ生きていかなければいけない。けれど、大きな悲しみを抱えながら、何十年も働いていなかった場合雇ってくれるところはあるのか……涙を抑えて仕事ができるのか……不安は大きい。悲嘆にくれている時間すらないのです。

その厳しさを知った時、ピョンちゃんの体調が安定している今こそ、仕事に専念しなければと思ったのです。私も自分の仕事をもち、ピョンちゃんのことを考えないで社会とつながる時間が必要なのです。

親子それぞれの自立。これが、私のトレンドワードです。ショートステイを通して、お互い別々の場所での寝泊まりに慣れたことで、まずは一歩を踏み出せました。ピョンちゃんも親離れしているのを感じると同時に、私も仕事を得て、自分の社会を築いていこうとしています。老後、安心して生活するためにも。

障がい児の親の自立

ピョンちゃんが生まれてから専業主婦ではありましたが、時々、親戚や知り合いからパソコン入力のお仕事をいただき、学校付き添いの時や夜自宅で、細々とでしたが仕事をしていました。その時間は、家事をする主婦、ピョンちゃんのケアをする母、以外の顔をもつことができました。

いつも感じているのは、私はとても恵まれている、ということです。

私は、自宅の近所で、支援者の手を借りながら仕事ができる環境を得ることができました。健常児のお母さんは、子どもがある程度大きくなったら職場復帰やパート職員になったりして再び働く人も多いです。同じように、障がい児の親も社会に出て自立する支援の仕組みが必要です。

そして、ＮＩＣＵを退院したばかりで、体調も不安定な乳幼児を預けて働くのは、精神的にもストレスが大きいし、子ども自身も不安になります。子どもが病気の時の預け先も必要ですが、それよりも、体調が悪い時に親が会社を「休む」ことを容認する社会になってほしいです。

誰もが、子どもが就学するまで、産休、時短勤務や在宅勤務など、多様な働き方が選択できるようになればいいなと思っています。

福利厚生を手厚くするには、企業側に相当な体力がないとできません。しかし、働く場が用意されていれば、復職した時には税金を支払うことになるのだから、先行投資として企業側に国から助成があれば、福利厚生を厚くすることも可能ではないでしょうか。

出産後、育児休暇が取得できず会社を辞める。ましてや子どもに障がいがあった場合は、育児が長期にわたって続くので、自分のことをあきらめなければいけない。そんなことがないように、自分だけで抱え込んだり無理をしないように、支援や制度を活用して両立できたら、真に豊かで平和な社会の実現につながると思うのです。

親にも、育児や生活に追われる以外の居場所、学びや仕事をすることは必要です。以前相談した女性専門の相談機関でもらった【豊かで平和な男女平等参画社会の実現に向けて】と書かれたパンフレットは捨ててしまったけれど、このことばは、私の希望でもあります。

超・高齢化社会が現実となり、親の介護で仕事や学びをあきらめなければいけない人もますます増えていきます。育児や介護で、望まぬ離職をしないような社会を実現させたいです。

ヘルパーさん

二十四時間の医療的ケア

私の願いは、ピョンちゃんと地域でずっと暮らしていくこと。そのためには、どういう仕組みがあればいいのでしょうか。

ＮＰＯ法人を立ち上げた時に思い描いていたのは、シェアハウスでした。仲間たちと

共同生活するピョンちゃん。ヘルパーさんや看護師さん、訪問医も来てくれて、そこから生活介護事業所に通い、私も時々シェアハウスを訪ねます。いえ、心配性の私は、清掃員として毎日いるかもしれない、なんて想像を膨らませていました。

しかし、ピョンちゃんくらい医療的ケアがたくさんある重い障がいの人たちが、実際に自立した生活ができるのでしょうか。福祉施設はどこも人手が足りず、医療的ケアや様々な対応のできる人材を確保するのはとても難しいし、二十四時間医療的ケアがあると、安全の「担保」についても議論されることが多いのです。

重度訪問介護制度

私が入院した時、ピョンちゃんも入院していたので、自費でヘルパーさんに付き添いをお願いしました。その時に福祉課の職員から、「重度訪問介護」の話を聞きました。

この制度だと、入院中もコミュニケーション支援として、制度内でヘルパーさんが付き添うことが可能です。重度訪問介護は、条件を満たせば十五歳から利用できると教わりました。

難病障がい者の中には、人工呼吸器などの医療的ケアが二十四時間フルにあって、寝たきりでも一人暮らしをして、積極的に外出をしている方も多いです。彼らの生活は、重度訪問介護でヘルパーさんが支えているのだということを知って、うちも少しずつ自宅でピョンちゃんが自立した生活が送れるようにしたい、と思うようになりました。

ピョンちゃんが十五歳の誕生月、障がい福祉サービスの受給者証が切り替わる日に合わせ、重度訪問介護を申請しようと準備を始めました。重度訪問介護では、長時間の介護が受けられますが、それだけヘルパーさんの確保が難しくなります。一方で、短時間だと単価が安くなるので、受けてくれる事業所は少なくなります。

そこで、まず一年前から「重度訪問介護にしますよ」とアピールし、四件の介護事業所と契約し、痰の吸引や胃ろうからの注入といった医療的ケアができるヘルパーさんを徐々に増やしていきました。

次に、半年前から相談事業所と支援計画を練り始めました。十四歳の時点で準備を開始したので、児童相談所の調査もあり障害区分認定も受けました。それでも、十五歳の誕生月には間に合わず、二カ月後にやっと利用できるようになりました。

障がい児には、ケアマネージャーがいないので、親がすべてのコーディネートを行わなければなりません。福祉制度の仕組みについても勉強しておかないと、どんな制度を使いたいのかの希望を相談支援員や役所に伝えられず、支給に結びつかないのです。これは相当な負担でもあります。

障がい児の相談支援事業所の相談員にも、ケアマネージャーくらい采配できる能力と知識が求められてきています。保険の外交員のように、成長や家族構成に合わせ、いろいろなサービスを組み合わせて提案してくれるといいなと思います。

頼もしいヘルパーさん

ピョンちゃんと私がお互いに自分らしく生活していくために欠かせないのが、ヘルパーさんの存在です。

ハローワークに行くと、専門的な資格や経験がない場合、たいてい職業訓練で勧められるのがヘルパー（介護職員初任者研修）とパソコンの研修です。介護の職はすぐに誰でも容易に始められる職、との印象が強いと個人的に感じています。私の母も、六十歳を過ぎてからヘルパーの資格を取り、働いていた時期がありました。主婦や年配の方が空いた時間でできるので、ある意味魅力的な仕事ではあります。

しかし、ピョンちゃんのヘルパーさんたちを見ていると皆さん専門性が高く、私なぞは教えられることばかり。わが家には、一週間に十二人のヘルパーさんが来ますが、全員が喀痰吸引など習得し、専門性を身につけています。

ヘルパーさんたちの専門性は、ピョンちゃんを安心安全にお任せできるレベルなので、相当高いです。痰の吸引や胃ろうからの注入といった「医療的ケア」の研修を受け、適切に実施できるレベルだけでなく、医療物品の清潔ケアや、足りなくなったものの補充など、長時間いても絶えず仕事はあって、その間ピョンちゃんの発作の見守りや、体調の変化にも注意しなくてはいけません。

てんかん発作は、薬の調整がついてきて今はずいぶん少なくなってきました。相変わらず毎日数回はありますが、あえて頓服薬を使わずに定時の服薬でコントロールでき、慌てることなく見守ることで、過ごすことができています。

医療的ケアで使う物品の清潔ケアや、介護する側の身体の使い方、体位交換の道具の情報などは、私のほうがヘルパーさんから習うことが多いです。ちょっとした傷や、オムツがきつくなっているなど、真っ先に気づいてアドバイスをくれるのもヘルパーさんたちです。わが家は、スーパーヘルパーさんに支えられているのです。

「関係性は専門性を超える」

今では、朝から夕方まで、平日は十二時間ヘルパーさんが入ってくれて、私がいなくてもピョンちゃんの生活は回るようになりました。ただ、誰にでもお勧めはできません。常に自宅に他人がいることは、プライバシーがあけすけになるからです。

私自身は、誰かに預ける時には、「覚悟」が必要だと思っています。プライバシーを守れなくなることと、ある程度の覚悟が必要なこと、それが任せることなのだと私の中で納得させているのです。

「覚悟」というと大げさですが、実はたいしたことではありません。数年、中には十年以上、医療的ケアを習得して入ってくださっているヘルパーさんばかりなので、お互いの信頼関係ができ上がっている中では、大丈夫、と思えるからです。そして、一番そう感じているのはピョンちゃん自身で、彼女がヘルパーさんに見せる表情や態度を見ればわかるのです。

「関係性は専門性を超える」とおっしゃった医師の名言を思い出しました。今ではかかわりが深くなって、私以上にピョンちゃんの意思をくみ取って対応してくれる頼もしいヘルパーさんばかりです。

今や、「ピョンちゃんハウス」と化したわが家で、私は同居人。ピョンちゃんのケアを任せている間は、自分のペースで家事をし、パソコンをパカパカ打って仕事をしています。ピョンちゃんハウスでは、テレビアニメ「ど根性ガエル」のピョン吉さながらにいつも私のTシャツに張り付いていたピョンちゃんは外に飛び出し、気づけば私のTシャツは、真っ白になっていました。

医療と福祉の融合

最近は、医療と福祉の融合ということばを耳にすることが多くなり、日常行為であるケアについては、もっと家族以外の福祉職にも広げていってほしいと望んでいます。

介護職が痰の吸引等ができるようになったのは、二〇一二年四月からです。ピョンちゃんは、当時気管切開をしていなかったけれどヘルパーさんには研修を受けていただき、口鼻から痰の吸引や胃ろうからの注入ができるようにしてもらいました。

ピョンちゃんの医療的ケアは、日常行為です。介護職が医療的ケアを実施できるようになったのは画期的で、これが成り立たなければ今の私の生活はありません。しかし、一方で、安易に行うべき行為ではないということも充分承知しています。だからこそ、介護職の中でも、医療的ケアが必要な人に接するヘルパーは、今は認められている喀痰吸引や注入以外の医療的ケアを行わなくても(人工呼吸器など二十四時間医療的ケアが必要な人もいるので）、一段上のスペシャルな技術や経験の習得が必要だと思うのです。ますます人手不足が深刻化していく社会では、自分の存在意義を確かめられる心動かされる仕事こそが、求められてくるでしょう。福祉職の強みはそこなので、ぜひ今後、多くの方がスペシャルなヘルパーを目指して勉強していける仕組みができるといいなと思っています。

医療的ケアを通して、もっと介護職の認知や貢献度が、社会的に評価されてほしい。ＣＡ（キャビンアテンダント）のように、ＨＰ（ヘルパー）も人気職になればいいのに、と冗談ではなく本気で考えています。

現在、十二名のヘルパーさんに支えられているピョンちゃん。十三番目のレギュラーヘルパーさん、お待ちしております。

2021年、新宿区立漱石山房記念館で日本文学のお勉強をしました。館内を見学したあとは、美味しいコーヒーと柿のジェラートを堪能。お出かけの時には必ずヘルパーさんも一緒です。

9章 明日を生きていくために

生きやすくなるヒント

弱い立場の強い精神力

ピョンちゃんには、誰が見てもわかりやすい「重い障がい」や「医療的ケア」があります。このわかりやすさによって、「きっと親は大変だろう、悲しみや辛さを抱えているだろう」と誰もが想像できるからこそ、私には隠しようがない。

なので、なんでもオープンにできるところは、ある意味生きやすい環境にいるのだと思います。自分をさらけ出して気を許せる人が増えていくと、辛い時にこの思いをわかってくれる人たちの顔が浮かび、実際に伝えなくても、「私は一人じゃない」、そう思えて安心できます。

重症児支援の事業をしていると、必ず障がい者の権利について学びます。本人主体の支援をするために、本人のニーズは何かを考え、意思決定ができない場合は本人の最善の利益は何かを探ります。

個人のストレングス（強み）や、エンパワーメント（力）を勉強し、リフレーミングと言って、マイナスの点をプラスに変える、例えば「飽きっぽい」のは「好奇心旺盛」だと捉える視点も教わります。研修を受けるたびに、目からうろこで、ピョンちゃんの周りの支援者はこうした視点をもって接しているのかと、感心しきりです。ピョンちゃんの親としては、勉強するにつれ反省することばかりです。

そして、この福祉の視点は、障がい児者支援だけのことではないように思います。誰でも様々な権利があり、本人主体で生きるべきで、それぞれニーズに沿ったつながりを求め、個々の強みを生かして社会的に影響を与えていきたいと思っているのではないでしょうか。

個人の性格もプラスに捉えてもらえたら、生きやすくなります。障がい児者支援には生きやすさのポイントがたくさんあって、これを「私たちの世界」だけのことにしておくのはもったいない。

「障がい児者は、弱い立場だから」とよく言われますが、けっしてピョンちゃんは弱くない、私の何倍も強い精神力をもって生きていると私は思っています。彼女のことばにできない思いや考えをくみ取る手法は、普通に生きていても、他人とコミュニケーションをとり、生きやすい環境をつくるために充分役立つはずです。

生きづらさはヘルプ者とともに

一方で、やはり隠しようもない生きづらさも、日常生活で感じています。買い物に行くには、誰かがピョンちゃんを見ていなければいけないし、ピョンちゃんの吸引ができるヘルパーさんにいていただかないと、私はお風呂にも入れません。ピョンちゃんは、学校にだって普通に通えないのです。外出するには福祉タクシーを頼まなければいけないし、公共の場ではエレベーターがないと移動ができません。すべてが不自由で、生きづらいのは確かです。何一つとっても普通にできないことばかりです。

でも、今の私にとっては、生きづらさよりもピョンちゃんと一緒にいられることのほうがずっと重要なのです。福祉や医療制度に基づいて、たくさんの人に私も支えられるうちに、ピョンちゃんの障がい受容ができてきたからだと思います。

たくさんのプロフェッショナルな支援者が、一緒にピョンちゃんの「特殊な子育て」をしてくれることはとてもありがたいです。排便や呼吸など生きるための基本的な体調に関しては看護師さんがしっかり管理し、アドバイスをくれます。ピョンちゃんと一緒に喜び、楽しみ、変化があれば心配し、対応を考えてくれるヘルパーさんたち。新しい面を発見してくれるおでんくらぶの職員さん。私はしっかりそれに甘えて、孤立することなくピョンちゃんと地域で生活することができています。

生きづらさを解消するには、目（気持ち）と手（支援）のような気がします。みんなが、具体的な支援の経験と、気持ちを兼ね備え、わが家のヘルパーさんのようであったら、きっとずっと生きやすい社会になりそうです。

誰でも、子どものうちは大人の支援が必要です。大人になったら、今度は社会的な「ヘルプ者」になることが当たり前になるように、小さいころから教育を受ける場があるといい。そして、自分が生活や社会的な困難者になったら、他のヘルプ者に助けてもらう、そう思えればいい。

全員がヘルプ者にならなくても、そういうことが当たり前になることで、ヘルプ者が増えれば、支援を受けるほうの気持ちも楽になるのではないでしょうか。ピョンちゃんとの暮らしの中で、そんなふうに考えます。

困難にぶち当たった時、途方に暮れて孤立しないように。終わりのないマラソンを一人で走り続けないように。すべての人が、もっと楽に生きられますように。

周囲の力を借りて

私は、思ったこと、感じたこと、個人的なニュースなど、ヘルパーさんに話し相手にもなってもらうことがあります。皆さんプロフェッショナルなので、一緒に笑い、悲しみ、共感してくれますが、そこには仕事だけではない、人と人との信頼に基づいた関係性が築けているからだと思うのです。その関係性は、もちろん、ピョンちゃんがいてこそ、です。

ピョンちゃんは、仕事から私が帰って来ると急に笑顔が消えます。私が弾丸のごとくヘルパーさんたちに話しかけていると、ふてくされた顔になり、リビングのほうを目で見ながら大きなため息をつきます。「はあーあ」って。喉頭気管分離して声が出せなくても、人工呼吸器をつけていても、ため息だけは立派にできるのです。そうして、目でヘルパーさんをちらちら見ながら口から泡を出して舌をちょろっと出して、「ちょっと、お母さんに何か言ってよ」と訴えます。私が離れると、泡だらけの唾液をごっくんし、笑顔が復活です。

毎日ヘルパーさんが記録してくれている連絡ノートには、「今日もニコニコ」「笑顔でした」「楽しそうにしていました」ということばが並んでいます。私が在宅している時に耳をダンボにしていると、何やらヘルパーさんとピョンちゃんで爆笑（実際はヘルパーさんの笑い声だけですが）しながら、動画を見たり、嵐以外のアイドルの音楽も聴き、NHKエデュケーショナルの配信で勉強もしているようです。ヘルパーさんも看護師さんも、ピョンちゃんのために来ている、ということを彼女は知っているのでしょう。

ピョンちゃんは、「超・重症児」なので、本人も家族の私も生きづらい。それをカバーするために周囲の力を借りて、実質的にも精神的にも生きやすくしています。障がいの世界だから制度に頼れる部分が大きいのは否めませんが、制度だけに基づく以上の関係性ができなければ、こんなに生きやすくはなりません。

実は、「ピョンちゃんの社会性は高い」と、かかわる人たちは皆さん一様に話します。はじめて入るヘルパーさんには笑顔を見せて、「大歓迎！」とアピールします。話が合うヘルパーさんや、一緒に遊べる人とは、ピョンちゃんが遊んであげているのではないか、と思うくらい、こちらが見ていて嬉しくなるくらい楽しそうにします。一方、私のお客様、ピョンちゃんの相手をしに来たわけではない人がいる間は、真面目な顔で、おとなしくしています。痰の吸引も急に少なくなったりします。

エンパワーメント

「他者の手を借りる」。家に支援者が入るのは、家族にとって気を遣うことにもなりますが、慣れてくると、家族の社会性、何より本人の社会性も身についていくように思うのです。

生きていれば、どうしたって人と関係をもたなければいけません。そこに悩みが生じるのですが、結局は人と人との信頼を築くこと、それが何より私たちの生きにくさを解決してくれるのではないでしょうか。

人とかかわるのは面倒で、いろいろな思いが交錯し、時に気に病むことも多いですが、それでも、地域で、顔が見え、声を聴ける関係性を築くことが、エンパワーメントとなり、自分を助けてくれる。私はそう信じ希望を抱いています。

今は、ＳＮＳなどインターネットで、全国、世界中の人とつながることができ、情報交換でき、とても便利な社会になりました。身近な人に吐露できない寂しさや心の弱さも、ＳＮＳだと共感してもらえるので楽に出せることもあります。時に自分を偽る、と言うと聞こえは悪いですが、良く見せることもできます。

けれど、所詮そこで築かれたバーチャルな関係性は、お互い責任をもつこともないし、嫌なことを言われたら簡単にブロックすることもできてしまうのです。そのほうが嫌な思いもせず楽ですし、趣味の話をしたり、一過性で楽しむには最適なのですが……しかし、地域で生きていく力にするには、身近で顔の見える小さな自主グループのような会こそが、必要だと思っています。

全国でそうした顔の見える小ロットの団体ができると、きっと当事者や家族は、強く、たくましく、生き生きとしてくるのではないでしょうか。

祈るよりも感謝をしながら

私の原動力

誰かに頼られたり、何かを課せられたりすると、私にやる気全力スイッチが入ります。役に立たないと社会から捨てられてしまう、という恐れがあるからかもしれません。こ

の恐れはマイナスだとは思いません。なぜならば、私の原動力は「不安」や「恐れ」だからです。人によっては、悲しみや怒りが行動を起こす時のエネルギーになることもあるでしょう。マイナスの感情であっても、悪くはないのです。

でも、いつもエンジン全開でいるのはそろそろ辛いお年ごろになってきました。よく、「いっつも走っているよね」と言われます。ピョンちゃんを置いて仕事に行ったり、講演会に呼ばれたりする機会も増えましたが、ピョンちゃんから離れられる時間にはタイムリミットがあり、私はシンデレラさながらに履き慣れないヒールで全力疾走して帰って行くからです。当然ながら、追いかけて来る王子様がいないのがむなしいのですが。

いつも何かに追い立てられ、常にドキドキしながら生き急いでいるという自覚はありましたが、サチレーションモニターで測ると、実際に心拍が一〇〇前後。本当にドキドキしていました。年齢的に不整脈かも、と心配してしまいます。

私は、何を急いでいるのでしょうか。

ピョンちゃんが心配だから、ヘルパーさんの時間が決まっているから、と思って帰宅をすると、のんびりピョンちゃんは笑っているし、ヘルパーさんは「おかえりなさい！」と待っていてくれるのに……。

ピョンちゃんがショートステイに入って自由な時間ができても、なぜか落ち着きません。高級なコーヒー店に入り、ブランド物のカップでゆっくりコーヒーを飲もうとしても、熱いコーヒーを一気飲みしてしまい、十分も滞在できない。食事も五分で終了。お風呂にもゆっくり入っていられません。超・重症児ガールとの生活は、いつの間にか私を常に追い立てられていないと落ち着かない、とどまれない回遊魚にしてしまったようです。

回遊魚の私は、もっと頑張らないと、もっと責任を負わないと、きちんと正しくしていないと、と自分を追い立てていないと不安になります。ものすごく面倒で生きづらい道をつくっているな、と自嘲しながらも、それでも、私はこれからもそういう道を選んでいきそうです。不安や恐れが、私の原動力だから。

私の不安や恐れとは何かというと、具体的には、「ピョンちゃんを失うかもしれない」大きな怖さと、先々の不安です。最近のピョンちゃんはとっても元気なのですが、私がいなくなったあと、体調管理をしっかりしてもらいながら安心して暮らしていけるのか、不安になります。

常に抱えている先々起こるかもしれないことへの不安や恐れを克服するために、ピョンちゃん（障がい児者）が住み良い社会にしたい、地域で支援が受けられてピョンちゃん（その人）らしい生活ができるように頑張っていきたい、という思いが、今の活動につながって私は動き続けています。

専業主婦だった私には、ピョンちゃんを通しての経験と仲間とのつながり、これしかないので、それを強みに生きていこうと思うのです。

いつか離れて暮らすその時まで

いつまでもピョンちゃんの匂いをかいで、手元に置いて暮らしていたいけれど、自分が手術・入院した体験や、老いていく親を見ていると、いつかはピョンちゃんの管理やケアができなくなるのは明白な事実なのだと突き付けられます。

いつかは、離れて暮らさなければいけない時がきます。神様、仏様、ご先祖様は、先に逝く順番を決めているのです。稀に順番が変わることはありますが、神様たちが決めた順番でいくと、私はピョンちゃんより先になるでしょう。

私は、ピョンちゃんをTシャツにくっついた「ど根性ガエル」のピョン吉に例えていましたが、ピョンちゃんは、私のマスコットではありませんでした。彼女も一人の女性で、彼女らしい人生を歩んでいかなければいけません。精神的にも、もしもの時のために、物理的にも自立していくことは、お互いに必要なのだと思うようになりました。私だけの加護のもとではなくても、いろいろな人の手を借りて、ピョンちゃんが今と同じように笑顔を見せながら生きていけますように。そうなったら、安心して私は順番を守れます。

結局私は、「耐えられる人」だったのでしょうか？

今では時々また、「神様、仏様、ご先祖様」に語りかけることができるようになりました。でも、願いを祈るというよりも、日々を感謝する、見守ってくれてありがとう、という語りかけです。何か大きな力のある、永遠のものに見守っていてもらいたい。そこに語りかけることで、その存在を感じ安心できます。

「神様、仏様、ご先祖様、もう少し頑張ってみるので、私に動いていく力と精神力を与えてください」と、最近は語りかけています。

私たちはもっと自由でいい

これからは、上手にショートステイや重度訪問介護などの制度を使いながら、もっとゆっくりと自由に時を過ごしてみたい。自分だけの時間を過ごしてもいい、それは間違いじゃないし、誰にも後ろ指をさされることではないはず。でも、ピョンちゃんをショートステイに預けている間に、遊びに行くのは気が引けてしまうのです。

そんな時、母から「自分だけの秘密の楽しみをみつけたら」と言われました。

毎日、私は自分のスケジュールや行動をすべて自宅のホワイトボードに書き、何時にどこにいるのか、連絡先などをヘルパーさんが把握できるようにしています。普段の私には、「秘密」はありません。でも、母の後押しで、ピョンちゃんがショートステイに行った時、私はこの歳になってはじめて野外ライブに思いきって一人で出かけて行きました。結局内緒にしたのは母にだけで、チケットが最も取りにくいと言われていたバンドだったので、あとで周囲には自慢げに言いふらしたのですが。

当日は雨で、雨具を着てどのようにふるまっていいかもわからず、この時はときめきのドキドキを感じながら、ライブ中は何もかも忘れてものすごく自由になれた気がしました。妻でも母でもなかった、ティーンエイジャーのように。

そう、私たちはもっと自由でいい。生活の中では難しいこともありますが、気持ちは常に自由でいいのです。

私は、私の人生を、自分らしく生きたい。

みんなそうしたいと思い、本当はできるはずです。障がいがあっても寝たきりでも、もしも余命いくばくかでも……。ピョンちゃんだって、自分の人生を、自分らしく生きるんだ。

誰しも悩みがあり、何かしらの足かせをもっていて、思い通りにはいかない毎日です。楽しいことばかりで、贅沢ができて、理解ある友人に囲まれ、いざこざはなく、誰も私を非難しない、みんなから認められて居心地がいい日々。最高な人生になりそうですが、きっとすぐに飽きてしまうでしょう。

人生には、いろいろなハプニングがあるほうが面白いし、悩みがあるのも、くだらない時間を過ごすのも、彩りの一つです。

陳腐ですが、無駄な経験は一つもない。そう思えるようになったのは、私が女性として、妻として、母として、今まで経験してきたことが確かに私を形づくっており、気持ちがゆらぎながらも迷いながらも、信念みたいなものが生まれてきたからです。

鍾乳洞で、ぽたぽたと滴り落ちるしずくがやがて石灰化して固いつららになるように、一個一個の体験で流れ出た涙や苦しみや喜び、たくさんの感情がいつの間にか私の芯になっていきました。

失敗してもいい。もしも相手に不快な思いをさせてしまったと思ったら、素直に「ごめんなさい」と言えばいい。間違ったらやり直せばいい。「ありがとう」をきちんと言えればいい。時に自己嫌悪でたまらなくなっても、翌日には笑っていたい。倒れても起き上がる葦のように、そんなふうにありたいと思います。

そして、何度考えても、ひっくり返して自分の心の中を何回覗き込んでみても、やはり私の一番の幸せは、「ピョンちゃんとともに生きること」でした。

毎晩、呼吸器の加温加湿で温かくなったピョンちゃんの身体に抱き付きながら、「ピョンちゃん、今日もピョンちゃんとお母さんは頑張ったね！」と声に出して言います。最近は、「あれ、ピョンちゃん、がたい良くなったね。むっちむちだよ」と言うと、バシっとグーパンチされることもあります。ピョンちゃんの匂いを吸い込んで、明日が来るのが楽しみになる。

大事な存在がここにいる限り、私のエンジンは止まりません。

エピローグ　新しい生活様式は、ピョンちゃんのスタンダード

二〇二〇年は、オリンピック・パラリンピックが東京で開催される年、のはずでした。誰もが予想だにしなかった、新型コロナウイルス感染症の流行は、全世界を巻き込んでの、大変な事態になっています。

ヘルパーさんや看護師さんから、「お母さんに感染が疑われるような症状が出たら、ピョンちゃん餓死しちゃうかも。その前に痰が詰まって……」とずいぶんなことをはっきり言われ、はっとしました。

そうなのです。私が発熱したら、まず感染が疑われ、訪問系は中止しなければいけない状況になるかもしれない。感染していたら、濃厚接触者のピョンちゃんには必ずうつるだろうし、すでに人工呼吸器ユーザーの場合、最後の一手となる治療の見通しが立ちません。私が体調を悪くしたら、今の時点では共倒れなので、何があっても感染するわ

けにはいかないのです。もちろん、ピョンちゃんも。

毎日人が入れ替わり出入りするわが家なので、このちっちゃなお家ではさらに要注意です。そう考えたら急に緊張してきて、過剰に反応しないようにと頭ではわかっていても、どうしたって不安はぬぐえないのです。

コロナ禍での生活はどうかというと、実は全く変わりません。ピョンちゃんは訪問籍なので、学校に「通学」していません。看護師さんや訓練士さん、お医者さん、薬剤師さん、ヘルパーさんも彼女の生命生活を維持するためにいつも通り来てくれています。

私はといえば、事業所の管理者として事務所で仕事をする毎日。障がい児通所支援事業は「原則開所」なので、いつでも受け入れる体制をとっています。生活面では、買い物も普段から週一回、飲み会や食事会は年数回行ければいいほうですし、マスクも夏場を除いていつもしていて、手洗い、うがい、アルコール除菌は当たり前。本当に何も変わらない生活なのです。ピョンちゃんとのスタンダードな生活は、まさに「新しい生活」

そのもの。ピョンちゃんスタンダードをみんなが体験しているというわけです。

心配だったのは、アメリカ製の人工呼吸器の取り換え部品が手に入らなくなることでした。今は、日本法人に在庫があり問題なく輸入もされているというので安心していますが、今後どうなるか不安です。重症者になっても、わが家には人工呼吸器があるから大丈夫なんて言っていたら、この呼吸器ではコロナ感染時には対応できないそうで、やはり呼吸器不足は深刻なのだと思いました。

とはいえ、コロナ禍は先の見えない長期戦になりそうです。万が一私が感染した場合、ピョンちゃんの預け先はあるのか、ピョンちゃんのような超・重症児が感染した場合は対応可能な病院があるのか、心配はぬぐえません。ピョンちゃんが感染したら、一般的な治療だけでなく、いつも飲んでいる薬の管理や、介護の手も必要になります。医師や看護師への負担は大きいのです。わが家に出入りする医療や介護の担い手や、運営している障がい児通所支援と訪問介護の事業所の職員さんは皆、感染源にならないようにと緊張感をもって仕事をしています。精神的な負担も相当です。

それでも、私たちは日常生活を営み、社会生活を止めずに行い続けなければいけません。私は、もともとあったピョンちゃんとの様々な「不安」生活を、人と人がつながり合うことで乗り越えているように思います。だから、コロナ禍ではあっても、実は私の「不安」度はあまり増してはいないのです。不安というより、様々な心配事が増えたという実感です。

今は、他人と会うことすら難しい社会状況ですが、それでもオンラインやアプリでのメッセージ交換など、皆が共通に使えるツールを通して、つながり合い、励まし合い、新しい生活に慣れていくしかない。その先には、きっと新たな楽しみや喜びを感じる日が待っています。

ピョンちゃんとの生活で、不安で悲観ばかりしていた私が、今はバカ話をして日々笑っていられるのだから、きっと多くの人が不安と共存できるはず。そう信じています。

おわりに

叶うならば専業主婦として、きちんと子育てをし、料理をし、掃除をし、家をしっかり整えていたい、という気持ちは今でもあります。でも、仕事があったから、シングルマザーで生きていこうと決められました。仕事があったから、親に頼ることなく、社会的な責任を自分でとろうと遅まきながら思えるようになりました。仕事があったから、ピョンちゃんも私も精神的な自立も可能になって、ピョンちゃんを通しての自分だけではない、アイデンティティをもつことができたのです。

仕事をすることは時に楽しく苦しく、面倒で、そして最高だ、そう思えるようになりました。

私は、今の生活を続けるためにたくさんの制度を使っていますが、それは、国や自治体でそれぞれの担当者が一生懸命考えてスキームをつくってくれるから、私たち親子につながっています。制度は人がつくるものです。制度に基づいてだけでなく、友人や知人も含め大勢の支援者がバックにいて、ピョンちゃんを、私の気持ちを、支えてくれています。だからこそ、今、ここで私たちは立ち続けていけます。

人は人とつながり合い、助け合い、温かみを感じてこそ生きていけるのです。

そう、ピョンちゃんの世界では、彼女を中心として人がつながり、温かい居場所を築いていきます。温かい居心地のいい場所にいると、ふとした瞬間に幸せを実感できます。そうです。私もピョンちゃんも、人とつながっている限り、幸せを感じる時を何回も体験できるのです。

現状を、今の自分を受け入れること、これも私なりの幸せです。

うまくいかない人生、悲しみも不安も自分の醜さも、全部ひっくるめ受け止めて生きていく。それを受け止めて容認できた時に、空が青いと気づき、月は煌々と明るく見え、アスファルトの間に咲く名もない花にも目がとまり、ちょっとした幸せを感じるのではないでしょうか。

不安が私の生きる力になると気づいたら、共存しながら生きようと思うようになりました。どうしよう、どうしよう、と恐れず、戦う勇気が出てきたのです。「不安さん、ようこそ」なのです。

辛い時ほど、現実を受け入れることはとても難しいですが、そうした「作業」を重ねることで、人は他者に手を差し伸べる勇気と優しさを手に入れます。ピョンちゃんがいる場所は、自分を容認できる場で、優しくなった人がさらにピョンちゃんに還元してくれる。ピョンちゃんは、その場にいるだけですが社会とつながっているのです。

超・重症児ガールのピョンちゃんは、不自由だけど、心は自由です。私も気持ちはいつも自由に、現実を受け入れていきたいと思います。相変わらず不安だらけの「不安ウーマン」ですが、明日も自分らしく生きていくために。

今まで出会ったすべての方に、心から感謝して
これからも、つながり続けていかれますように

著者

福満　美穂子（ふくみつ　みほこ）

1972年　埼玉県生まれ
1994年　学習院大学文学部・日本語日本文学科卒業
2003年　長女出産
2007年　「重度心身障害児親子の会 おでんくらぶ」代表
2015年　「ＮＰＯ法人なかのドリーム」理事

著　書
『重症児ガール』（ぶどう社・2015年）

・なかのドリームホームページ　http://nakanodream.main.jp/

・本稿は、一部『ともしび』（公益社団法人日本てんかん協会東京都支部発行）の連載「ピョンちゃん日記」（50～57、65、67～69、72）より抜粋・修正し、掲載しています。

不安ウーマン
医療的ケア児のシングルマザー　明日を生きていくために

著　者　　福満　美穂子

初版印刷　2021年6月10日

発行所　　ぶどう社
〒154-0011　東京都世田谷区上馬 2-26-6-203
TEL 03（5779）3844　FAX 03（3414）3911
ホームページ　http://www.budousha.co.jp

編 集／高石 洋子・市毛 さやか

印刷・製本／モリモト印刷　用紙／中庄